KB140397

아리떼 소마

김경철 시집

시인동네 시인선 080

김경철 시집

아리떼 소마

시인동네

시인의 말

육체는 저문다. 사람은 서 있는 것보다 달릴 때 아름답다. 그러나 자세히 보면 달리는 자세는 얼마나 불안정한가? 넘어짐의 연속, 그것이 달리는 자세가 아닌가. 어찌 보면 세상에서 가장 불안한 자세가 가장 아름다운 자세가 아닐까 싶다.

나는 지금 불안하다. 그래서 나는 세상에서 가장 아름다운 자세를 취하고 있다.

나는 나의 부재 속에서만 나의 아름다움을 본다. 진리가 내 곁을 스쳐가고 있다라는 느낌만 있을 뿐 나는 식별할 수 없는 저 진리를 향해, 온몸으로, 떤다. 춥고 배고프고 쓸쓸한 어느 저녁, 나는 세상에서 가장 아름다운 자세를 생각한다.

2017년 9월
김경철

차례

시인의 말

제1부

모자이크 눈! · 13

아리떼 소마 · 14

귀면와 · 16

도원경(桃源境) · 18

시집가는 날 · 20

파계승 · 21

당신이란 사람 · 22

집시의 춤 · 28

시속 80킬로미터로 달리는 벚꽃잎 · 30

사랑의 상대성이론 · 36

샤먼 · 38

충사 · 40

영원에 관하여 · 42

제2부

刀의 영혼 · 51

택시미터기 안에 뛰고 있는 저 말 · 52

천 개의 고원 · 54

아틀란티스 · 56

말발굽이 쫓는 저 달빛, 구름벌판을 달린다 · 58

천자문 · 60

깡통 속 밀림 · 63

전생 · 64

내 안의 마적 떼 · 68

황제 · 70

고스톱 · 72

강한 시차 · 75

미로 · 78

사우論 · 79

제3부

은행나무침대 · 85

방위 · 86

정물의 세계 1 · 90

정물의 세계 2 · 94

정물의 세계 3 · 98

유일한 입구 · 108

그래픽 바다 · 112

음역 1 · 116

음역 1.5 · 120

음역 2 · 123

음역 3 · 126

제4부

不二門 · 129

악수(握手) · 130

동체꽃 · 131

섬이 잠기다 · 132

물총잠자리 물이랑을 친다 · 133

염주시편 · 134

회오리 · 136

왕오천축국으로 가는 주문 1 · 139

왕오천축국으로 가는 주문 2 · 140

왕오천축국으로 가는 주문 3 · 142

일필휘지 · 144

노루 간 · 146

에필로그(epilogue) · 147

제1부

모자이크 눈!

눈이 내린다. 눈이 벗은 고치 속에 잠자고 있는 눈. 오솔길 끝, '무엇이 있을까' 그 오솔길 끝에서 지금의 나를 보고 있다. 잠자리가 벗은, 나비가 벗은, 외투를, 세상을, 상상하다, 눈동자 달에서 파도가 치고 우레가 친다. 목젖에 걸린 울음이 얼굴이란 제방을 넘어올까. 계절이 없는, 시차가 없는, 그녀의 얼굴에서 편도선 부은 바람을 본다. 돌, 바람, 파도, 그리고 겨울 하늘 같은 그녀의 얼굴에서 북해의 신화를 본다. 되돌리기에는 등의 골이 깊게 파여진다. 해부학은 상상력의 숲이야! 피부는 단풍 들고 그녀의 척추가 한 그루 나무란 생각이 들어, 뿌리는 퇴화된 그녀의 발가락 같아, 바람이 한 번도 분 적 없는, 비가 한 번도 내린 적 없는 하늘이다, 그녀의 동공으로 사라지는 물방울별을 본다. 한 번도 들여다본 적 없는 얼굴, 풍경이다. 물방울이 묻은 얼굴, 바다다, 하늘이다. 수평선에서 나는 그녀의 얼굴을 들여다본다. 한 마리 새가 하늘과 바다와 파도와 바람의 접경지대를 난다. 갓 태어난 울음이 사라지고 있다.

아리떼 소마
―패치1.65

분명히 보았는데, 인파에 가려 보이지 않는다.
카메라 앵글이 360도로 돌 때
고가도로를 향해 질주하던 오토바이 하나
쌩하니 내 곁을 스쳐 지나간다.

그래, 분명 내 곁을 스쳐 지나간 것이 아리떼 소마였다. 육백 년 전, 나의 전장은 휘파람 소리로 북을 치고 들녘에 풀어놓은 들소 군단을 이끌고 발과 발이 큰 북이 되었다 작은 북이 되었다. 생솔가지 위로 피어 올린 눈물목걸이가 끊어지자, 아라바바 바위들, 투석기에서 투척된다. 땅이 푹푹 꺼진다, 머릿속에서는 아리떼 소마의 얼굴이 지워지지 않는다. 기억을 되찾기 위해서라면 죽음의 序라도 행할 준비된 나는 아슴꽃 한 다발을 안겨주고 아쿤안다리 전장에 나왔다. 고가도로를 향해 질주하는 코끼리 군단은 쿵쿵 내려앉는 굴삭기도 아랑곳하지 않은 채 전진한다. 땅이 무너지고 하늘이 솟아도 나는 삼사라* 그 맑은 시냇물만을 따라 왔는가.

분명히 보았는데, 인파에 가려 보이지 않는다. 활촉 하나가 가슴을 뚫고 아리떼 소마를 향해 날아간다. 시공이 열리는 순간, 입고 있는 모든 옷은 불타 없어진다. 아리떼 소마, 기억에 잘 잡히지 않아 소음기통 속에서 머리가 어지럽다.

---

*산스크리트어로 윤회란 뜻.

귀면와

눈썹에 걸린 달빛은 한여름에도 서늘한 동굴 속처럼 차갑다.

달빛의 아름다움은 죽음의 그늘이 삶을 덮치지 않는 자장이다.

모든 속은 좁기만 하고 모든 외연은 넓다.

반월창을 넘나드는 저 초승달, 뜰 안의 고요가 정적보다 더 큰 활시위를 겨누고 있다.

이지러지는 달빛 아래 매화 꽃잎 흩날린다.

바람이 지나기 전에 죽음이 먼저였다.

부릅뜬 눈, 길게 찢어진 입, 거친 수염 휘날리며 애잔한 듯 여덟 지공 열었다 닫는다.

향피리 소리에 귀밑머리 새하얗다.

눈발이 날리자 푸름과 붉음이, 나란히 꽃잎 발자국을 찍어
간다.

쓸쓸함을 주워 담은 마당은 천 년 뒤란으로 사라지고 은하
수 너머 윤회의 고리를 엮는다.

선계와 이계를 오가는 구름나무지의*

풍경 소리 귀면와의 수염을 쓰다듬는다.

속눈썹이 매서운 소녀가 귀면와를 바라본다.

---

*식물 이름.

도원경(桃源境)

전생에 한번 와봤음직한
어느 후미진 뒷골목
오래전 잃어버린 집 주소지를 찾은 듯 멈춰 서서
오래전 잊고 있었던 복사꽃 향기를
훅 하니 맡는다

오늘은 운이 좋아 이곳을 찾아왔다지만
내일은 운이 나빠
이곳을 영원히 찾을 수 없을지 모른다

담에 어린 꽃문양이 손 사이로 지나간다 안방의 벽에서부
터 흘러왔을, 뿌리내린 자잘한 금들의 냄새가 훅하니 다가온
다 어딘가로 건너가고 있을 저 자잘한 금들, 안을 열면 고스
란히 귀뚜라미의 젖은 눈썹들이 쌓여 있을 법한, 햇살에 감
긴 눈꺼풀에 한 세상이 어린다. 혼몽한 꿈결에서나 본 듯한
시절이, 이 세상 어딘가에 존재하는 것이다 빗물이 소복이
고인 장독대며 말라버린 우물에 철렁 떨어진 불빛들이 고스
란히 하늘로 올라갈 때까지 내 눈의 일부가 저 불빛 속에서

자랐다 만져질 듯 만져지지 않는 한 사람을 찾기 위해 복사꽃 환하게 핀 집 안을 남몰래 살펴보게 되는 것이다 졸다가 지나 가버린 한 생처럼 오래전 이곳에 묵었던 바람에 타고 있는 저 향기.

시집가는 날

가을에는 붉은 단풍들이 너 나 할 것 없이 시집간다. 자기 가문을 떠나 다른 가문으로 이동하는 바람의 가마를 탄다. 허나 눈물짓지 아니하는 단풍이 없고 뒤돌아 손 흔드는 쓸쓸함이 배이지 않은 나뭇잎이 없다. 부정의 부정을 손 흔드는 단풍이여, 가을이여. 나 시집간다.

황금 들판을 지나 남으로 남으로 이동하는 새떼들에게 한 편의 시를 띄워 보낸다. 허구처럼 쓸쓸한 날, 지나온 생이 그렇다. 저 논에 무르익어 가는 벼들은 왜 고개 숙일까. 밑동이 베이는 아픔을 삭이기 위함인가. 나 빈 논처럼 쩍쩍 갈라지는 겨울 지나 봄을 맞는 새색시 같다. 허나 시집이란 나 아닌 다른 사람의 텃밭을 가꾸다, 꽃 지고 속내 오므리는 열매처럼 단 하나의 씨앗을 뱉어내는 것. 붉은 저고리 하나 푸는 밤. 하늘은 높고 쓸쓸한지 이내 손톱을 깨문다. 철렁, 우물에 떨어진 두레박처럼, 다시는 길어 올리지 못할 마음 하나 깊고 깊다. 문풍지 너머 벌레들의 울음이 밤송이처럼 까칠하다.

파계승

내게 그대가 미혹이었다 해도 꿈이었다 해도 평생 떠돌던 파계승이 될지언정 깨어나지 않겠나이다.

처마 끝을 맴돌지언정 부릅뜬 두 눈으로 폭우와 우레에도 꺼지지 않는 귀밑머리 새하얀 귀면와가 되겠나이다.

마음이 소용돌이치는 가을이 와도 비와 바람에도 꺾이지 않는 피의 용맹, 저 단풍, 지옥 속으로 걸어 들어가겠나이다.

부서진 날개로 부서진 심장으로, 몇 백만 년 후에 그대의 정인이었다는 언약을 화석으로라도 지키겠나이다.

당신이란 사람*

현재의 일과 닥쳐올 일과 지난 일을 모두 알고 있는 당신,
지금 당장은 노여움을 참는다 하더라도
내가 살아서 대지 위에서 햇빛을 보는 동안에
당신은 내게 한 번도 좋은 말을 하지 않는구려.
당신은 마음속으로 언제나 나쁜 일만 예언하고 싶어 할 뿐,
좋은 일을 말하거나 이루어지게 한 적은 한 번도 없단 말
이오.
나는 당신의 소나 말들을 약탈한 적도 없거니와
전사들을 기르는 기름진 프티아 땅에서 당신의 곡식을
망쳐놓지도 않았소이다. 우리 사이에는 수많은 울창한 산
들과
파도 소리 요란한 바다가 가로놓여 있을 뿐이오.
나는 당신 일에 아랑곳하지 않을 것이며
당신이 분개하더라도 개의치 않을 것이오. 허나 이것만은
일러두겠소!
보시오! 이 홀은 산속에 있는 나무둥치를 한번 떠나온 이상
잎이나 가지가 돋아나는 일이 없을 것이며, 청동이 잎과 껍
질을

벗겨버렸으니 다시 새파랗게 자라나지도 못할 것이오.

당신의 혀에서 흘러나오는 말은 꿈보다 더 감미로웠소.

나는 일찍이 당신보다 더 강력한 사람들과도 사귀었지만,

그들은 결코 나를 무시한 적이 없었소.

그들은 내 조언을 마음속 깊이 받아들였고 내 말에 귀 기울였소,

당신도 내 말에 귀를 기울이시오. 그게 더 이로울 테니까요.

내 만일 당신이 무슨 명령을 내리든 매사에 당신에게 복종한다면

정말이지 나를 겁쟁이고 쓸모없는 인간이라고 불러도 좋소.

나는 다시는 당신에게 복종하지 않을 작정이니까요.

당신의 검은 피가 나의 창끝에서 얼마나 빨리 솟아오르는지를.

당신은 진실로 사악한 마음을 품고는 미쳐 날뛰고 있고

앞도 뒤도 볼 줄 모르니, 수많은 탄식과 슬픔을 가져다주는 당신,

나를 노엽게 할 때마다 나를 당신과 다투게 할 생각이라면 참으로 유감스런 일이오.

당신은 제 발을 잡고 신성한 하늘의 문턱에서 내던지신 적이 있지요

그래서 저는 온종일 떨어지다가

해 질 무렵 렘노스 섬에 닿았을 때는 숨이 거의 끊어지다시피 했네요.

마치 수많은 벌떼들이 속이 빈 바위틈에서

끝없는 행렬을 지으며 쉼 없이 날아 나와서는

포도송이처럼 한데 엉겨 봄꽃 사이를

여기저기 떼 지어 날아다닐 때와 같이,

마치 동풍과 남풍이 아버지 제우스의 구름에서 내리 덮쳐

높이 치솟게 해놓고 이카로스 해의 큰 물결과도 같았소.

바다의 넓은 등을 타고 사랑하는 고향 땅으로 달아나야만 하나요!

그대에게 욕설하거나 귀향의 기회를 엿보지 않을 것이오.

내 만일 당신이 또다시 지금같이 미쳐 날뛰는 것을 보고도

당신을 붙잡아 외투며 윗옷이며 그대의 알몸을 가리고 있는

옷가지 할 것 없이 옷이란 옷은 모조리 벗긴 다음

수치스러운 매질을 가하여 밖으로 내쫓지 않는다면……

이렇게 말하고 나는 몸을 웅크리며 눈물을 뚝뚝 흘릴 것이
오.

겁에 질려 자리에 앉아 아픔을 이기지 못해 당황한 얼굴로
눈물을 닦을 것이오.

마음이 괴로우면서도 당신을 보고 유쾌하게 웃었고,

독설가의 장광설로, 모욕적인 말로,

당신을 가장 멸시받는 인간으로 만들려 하고 있소.

꼭 엊그제 일만 같소. 우리는 샘물가에서, 신성한 제단들 위
에서,

그곳은 맑은 물이 흘러나오는 아름다운 플라타너스 나무
밑이었소.

그곳에는 어리디어린 참새 새끼들이 맨 윗가지의

잎사귀 밑에 둥지를 틀고 웅크리고 있었는데,

모두 여덟 마리였고 새끼들을 낳은 어미가 아홉 번째였소.

뱀이 참새 새끼 여덟 마리와 그 새끼들을 낳은

어미를 합쳐 모두 아홉 마리를 집어삼켰듯이,

우리는 아홉 해 동안 그곳에서 전역(戰役)을 치를 것이나

노고와 탄식을 앙갚음하기 전에 길조를 보여주시길 바라오.

내가 하는 말은 결코 버릴 말은 아닐 것이오.

슬픔을 내리시어 나를 무익한 말다툼과 시비에 말려들게
하지 마오.

파멸의 날이 더 이상, 아니 한시도 연기되지 않을 것을 아
오.

밤이 찾아와 전사들의 용기를 갈라놓기 전에는

그 사이 잠시의 휴식 시간도 없을 테니까요.

가슴 위에서는 몸을 두루 가려주는 방패의 멜빵이

땀에 젖을 것이고, 창을 쥔 손은 지칠 것이며,

반들반들 깎은 전차를 끄느라 말들도 땀을 흘릴 것이오.

가파른 해안의 돌출한 암벽에 부딪힐 때와도 같았소.

죽음과 전투의 노고를 면하게 해달라고 빌었소.

다섯 살배기 살찐 황소 한 마리를 제물로 바치고도

설사 내게 열 개의 입과 열 개의 혀가 있고 지칠 줄 모르는
목소리와

청동의 심장이 있다 하더라도

나로서는 도저히 감당할 수 없는 일이오, 당신이란 사람.

---

*『일리아스』에서.

집시의 춤

악마와 검푸른 바다 사이에서* 암초에 걸린 내 사랑

플라멩코 플라멩코 춤을 춰봐요 당신이 그리고 내가 웃는
마임처럼 둥글게 둥글게 춤을 춰봐요 탁자 주위로 둘러앉은
부둣가 선원들을 향해 치맛단을 살짝 올려봐요 치맛단 사이
사이 맥주가 오고 가요 박수 소리에 거품이 넘쳐요 플라멩코
플라멩코 당신의 젖은 머릿결을 풀어봐요 당신이 왼쪽으로
돌 때 모두가 오른쪽으로 휩쓸리고 당신이 오른쪽으로 돌 때
모두가 왼쪽으로 쓰러져요 뱃전을 치는 암전 암전 암전 플라
멩코 플라멩코 해적이 출몰했어요 어서 피해요 오늘뿐이에
요 오늘이 지나면 모두가 거품처럼 흩어져요 싸워도 이득이
없는 부둣가 싸움이에요 플라멩코 플라멩코 내일 일은 생각
지 말아요 닻을 올리고 돛을 펼쳐도 항해할 바다가 없어요
끝이 없어요 맥주가 식어 빠졌네요 내일은 저도 해적이 될까
해요 갈맷빛 바다 위에서 당신의 춤만을 생각할게요 플라멩
코 플라멩코 당신의 가슴에 안겨 하루가 저물어요 하루는 머
슴처럼 하루는 왕처럼 해와 달이 바뀌었네요 플라멩코 플라
멩코 춤을 춰봐요 플라멩코 플라멩코 춤을 춰봐요 당신이 그

리고 내가 웃는 마임처럼 둥글게 둥글게 춤을 춰봐요

---

*상선 선원, 해적, 영-미 해양세계, 1700~1750, 마커스 레디커.

시속 80킬로미터로 달리는 벚꽃잎

저 국도변으로 달리는 시속 80킬로미터로 달리는 자동차는 벚꽃잎 내리는 속도로 달리고 있다.

멀어져야만 보이는 것들이 있다. 시속 이백 킬로미터의 사랑과 시속 백팔십 킬로미터의 추억이 느리게 흘러가고 있다.

닿을 수 없고 만질 수 없는 그러나 그냥 볼 수만 있는 그런 거리에서 나는 점점 작아져 다만 하나의 산에 지나지 않는, 산의 이질적인 분자가 되어버린, 용해될 수도 없는 이물질이 되어 너를 본다.

내가 산에서 내려와 국도변에서 너를 기다리고 있으면, 너는 스쳐 가는 자동차에 불과하지만, 내가 산 정상에서 너를 기다리고 있으면, 너는 천천히, 아주 오랫동안 내 머릿속의 국도변을 따라 천천히 운행할 것이다. 그러니, 나는 산에서 내려올 수 없다. 나는 점점 작아져 이 세계에서 사라지는 그 찰나, 너를 오랫동안 볼 것이다.

시속 80킬로미터로 달리는 벚꽃잎

시야가 탁 트인 산에서 보면 모든 사물은 작아진다. 나는 그 사물보다 몇백 배, 몇천 배 커진다. 내 눈망울에 담을 수 있는 저 사물들.

손가락으로 가리키면 닿을 것처럼 가까운데, 닿을 수 없고 손가락 마디만큼 멀어졌는데 이젠 영원히 볼 수 없다고 한다. 지난 오 년이

멀수록 보이고 가까울수록 눈을 멀게 한 속도! 그 치명적인 속도가 우리 눈앞에서 스쳐 간다. 미래에 대한 불안과 만족할 수 없는 현실과 되돌리고 싶은 과거가 지금 내 눈을 멀게 하고 있다. 엄청난 속도로

너무나 빠른 속도가 우리의 눈을 멀게 했으며, 우리는 시야를 버렸다.

계속 주시하고 있으면, 벚꽃잎 내리는 속도와 비슷하게 달리고 있다.

아니, 원래 벚꽃잎의 속도는 시속 80킬로미터는 아니었을까.

눈 깜짝할 사이에, 나는 등산객을 따라 점점 작아져 더는 보이지 않는 분자가 된다.

점점 작아져 눈으로 보이지 않을 만큼 작아진 다음에서야 나는 시속 80킬로미터로 달리는 벚꽃잎을 본다.

걷는 것보다, 달리는 것보다, 더 빠른 저 속도, 일주일, 한 달, 그리고 일 년.

가장 느린 것은 지금이고 가장 빠른 것은 지금까지 살아온 삶일까?

토끼보다 거북이가 더 빠르고 거북이보다 달팽이가 더 빠른 것은 아닐까?

지금 내 머리 위로 신이 걷고 있다면, 나는 그 신을 볼 수 없다. 너무 빠른 것은 (내겐) 존재하지 않기 때문이다. 별들이 1센티미터 움직인 거리를 우리의 걸음으로는 상상할 수 없듯, 저 느림을 우리는 본다 한들 닿을 수 없는 거리이다. 그래서 아름다움의 거리는 1센티미터 안에 존재한다.

순간은 너무나 가까웠다. 순간을 지속해서 보려면 멀어져야 하고 탁 트인 시야를 가져야 한다. 광년의 거리가 사랑을 영원히 빛나게 한다.

광년의 거리에서 보면 내 사랑은 빛나고 있다. 지금 그곳에, 그 자리에 없는 별이지만. 순간은 스쳐 지나가고 영원은 빛으로 오고 있다.

멀어져야만 보이는 것들이 있다.

빠른 속도는 느려지고 느린 속도는 가장 빨라진다. 너무나 빠른 속도는 이 세상에 없는 것이고 너무 느린 속도는 움직이는 것이 아니다.

눈으로 좇을 수 없다, 너무 느린 속도는

내 머릿속은 늘 산을 오른다. 그래야, 저 빠른 속도를 느리게 볼 수 있다. 좀 더 멀리, 높은 곳에서, 탁 트인 시야에서, 나는 본다.

벚꽃이 나리는 날, 문득, 꽃은 잎을 잊는*게 아닐까? 단순히 벚꽃잎이 낙하하는 아름다움에 취한 것이 아니라, 그 속에 사랑도, 이별도, 삶도, 있었겠구나! 찰나에 가까운 아주 짧은 시간이지만, 생각의 거리를 멀게 하고 생각의 시야를 탁 트인 곳으로 발상의 전환을 하면, 그것은 시속 200킬로미터로 달리는 자동차였음을 알 수 있다. 그러니깐, 벚꽃잎은 시속 200킬로미터로 낙하를 하고 있는 셈이다. 만일, 내 생각이 그냥 걷는 정도의 속도로 가고 있다면, 벚꽃잎은 내 곁을 스쳐 갔다는 느낌만을 간직할 뿐, 더는 그 느낌을 지속해서 인지할 수 없다.

시야가 탁 트인 먼 거리에서 시속 200킬로미터로 달리는 벚꽃잎을 보고 있다.

---

*김용 시인의 『꽃은 잎을 잊는다』라는 시집 제목을 오랫동안 생각한 적이 있었다.

사랑의 상대성이론

1.

무게와 구성요소가 다른 당신과 나란 물체를 동시에 떨어뜨리면 둘 다 동시에 떨어진다.

지시물과 시계추 그리고 측정 대상이 되는 그 어떤 마음이 동시에 자유로이 떨어진다. 시간의 변화가 없다. 무중력 상태다. 무감각 체계다.

국지적 상대성의 원칙, 등가의 원칙, 지우기의 원칙은 너와 나의 사랑이었다.

당신을 가두어놓았던 틀을 깨뜨리고 나의 틀 속으로 잠입하거나 나의 틀 속에서 다른 당신으로 변형된다. 등가의 사랑, 공통의 무감각 지시체계다.

—사랑이 끝나기 훨씬 전에 이미 끝나 있었으며, 한창 사랑 중에 종말이 가해졌으며, 사랑은 아마도 결코 시작되지 않았다.

불은 빙결되고 그 스스로 저지된다. 차후로 중화되고, 사용 불가능하며, 이해 불가능하고 폭발할 수 없는 스스로의 힘에 의한 시스템의 폐쇄, 거대한 포화 뒤에서, 이제는 어떤 계획, 어떤 권력, 어떤 전략, 어떤 주체가 있을 수 있을지 전혀 알 수 없다.

무게와 구성요소가 다른 당신과 나란 물체를 동시에 떨어뜨리면 둘 다 동시에 떨어진다.

2
─발효기간: 30년, 이스트로 부푸는 꿈, 혁명, 사랑 그리고 기 드보르*의 담배 한 대의 여유. 세상에서 가장 맛있는 빵, 사랑.

─────────

*상황주의자. 1994년 11월 30일 62세의 나이로 권총 자살했다. 『스펙타클의 사회』는 너무 맛난 빵이다.

샤먼

유목: 말을 멈추고 잠시 수선화 피어 있는 당신 입술에 목을 축이는 저 들판은 샤먼이다.

친구: 목에 걸린 장신구들이 풍경으로 흔들릴 때마다 죽은 자들이 말을 건다.

늑대: 고원을 떠도는 울음, 밤하늘에 번득이는 눈빛, 천랑성으로 빛난다.

동굴: 저 막막한 밤하늘에 횃불이라도 던져넣고 싶다.

봄: 풀피리를 따라 잠자리가 수놓은 꽃향기가 당신의 주위를 맴돌 때 방패에 새겨진 뱀이 우리 둘을 감쌌다.

벌: 세 마디 악보를 들고 나는 향피리로 이 들판을 떠돈다. 구름을 벗고 달은 피어난다.

숫자: 당신은 0이었거나 아니면 1이었을 것이다.

다리: 여름과 겨울 들판 한가운데 웃음과 눈물의 강이 보이고 그 사이에 꿈을 꾸는 당신이 보인다.

잠자리: 당신이 봄이었을 때 나는 구름 사이에 엷게 비추는 햇살이었다.

맹인: 당신은 잃어버린 목동이다, 들판이다, 잠자리 날개에 비친 옅은 꿈이다.

헬륨가스: 당신은 배꼽을 봉한 풍선이다. 공기보다 가벼운 당신을 바라보고 있으면 날아갈 것 같다.

본드: 살과 뼈와 내장이 녹아내리는 나는 바로크로 서 있다.

만남: 잠시 꿈을 꾼 듯, 당신이 나타났다 사라진다. 당신은 꿈과 꿈 사이의 징검다리를 건너고 있다. 0과 1 사이에 가교를 세우고 그 사이에 있을 유리수를 생각해본다.

충사

벌레의 강이 흐르고 벌레의 시간에 따라 변하는 숲은 당신이 잃어버린 이름으로 산다.

그 누군가의 삼 년이 그 누군가의 삼 일과 만날 수 있다. 그 여운의 강을 건너는 당신은 안개 속에 사라지기 직전, 그 누군가와 헤어진 삼 년을 삼 일 동안 못 본 사람처럼 충만한 눈빛을 하고 있다.

나이를 먹을수록 시간이 빨리 간다는 생각, 벌레의 시간으로 되돌아가고 있기 때문이다.

하루가 영원하다는 말은 벌레의 시간 안에 사는 법. 내가 사랑했던 당신은 벌레의 시간 안에 있다. 이젠 말할 수도 들을 수도 없는 벌레의 집이 되어버린 당신의 영혼은 하룻밤이 지나면 검은 시체로 흙빛을 머금고 있지만 다음날이면 충만한 벌레로 사는 법을 배운다.

생이 아무리 길어도 단 하룻밤밖에 살 수 없는 벌레의 시간 안에도 희비와 깨달음이 교차할 수 있다. 이 우주는 얼마나 많은 시간이 교차하고 공존하는가?

내 안에 깃들어 사는 풀벌레 한 마리 이슬의 시간을 남기고 간다. 오늘밤 소리 하지 않는 저 벌레의 노래가 아름답다.

들을 수 없는 소리는 얼마나 완벽한 소리인가? 당신이 잊고 지냈던 세월을 책망하게끔 하는 소리가 당신의 심장에서 잠자고 있는 벌레를 깨운다. 그 소리를 좇는 당신의 영혼은 지는 저녁 해를 등지고 있다.

내가 제일 사랑했던 당신, 나는 지금부터 당신의 이름으로 산다. 나의 이름을 불러주는 당신의 영혼은 시니피앙, 시니피에다. 청각은 얼마나 먼 시간의 계곡을 타고 오른 물소리일까.

눈 속에서 시력을 잃고 설원에서 기억마저 잃어버린 당신은 벌레를 부르던 충사였다.

영원에 관하여

—운동은 정지의 쇠퇴이고, 활동은 명상의 약화이며(『엔네아드』, III, 8.4.), 시간은 영원의 부패를 의미한다.*

1.
왜 영원한 것은 무(無)이고 아름다운 것은 꿈일까.

2.
우리는 꽃이 필 시간 동안 만났다 헤어졌다.

그 자리에는 차가 지나갔고 건물이 들어섰지만 꽃은 시들지 않았다.

사막이 되고 빙하기를 거쳐 천천히 녹는 대륙의 끝에서도 꽃은 시들지 않았다.

사람들이 지나갔고 수많은 표지판들이 도로에서 말을 걸어왔지만 분수에서 솟구치는 물방울들은 허공에서 내려오지 않았다.

그곳이 바다라도 우리는 걸었고 그곳이 13층 허공이라도 우리는 걸었다.

한 발 내딛는 사이에 건물의 옥상은 사라졌지만 거대한 산봉우리가 우리 곁에 자리했다.

걸음마다 지상의 풍경이 바뀌고 하늘의 배경이 바뀌어도 우리는 바뀌지 않는 영원한 순간을 꿈꾸었다.

지상을 휩쓸고 가는 거대한 태풍 안에서도 우리는 고요했다.

폭염이 시작되고 비바람이 불고 는개가 내려도 우리는 시들지 않았다.

꺼지는 땅에서도 솟구치는 용암 안에서도 우리는 불안해하지 않았다.

눈들이 지상을 덮기 전에 눈꽃을 피었다. 허공이 그때만큼 아름다운 적이 없었다.

3.

왜 변하는 것은 유(有)이고 시드는 것은 현실일까. 시간에
금이 갔다.

너와 나 사이에 시간의 빙하기를 거쳐 천천히 녹는 대륙의
끝이 보였다.

순간이 있어 저 꽃이 아름다운지 몰라.

거대한 환멸의 파도가 부서지고 거대한 환호의 파도가 밀
려온다.

내 피부라는 거대한 맨틀이 지각변동을 시작한다.

머리끝, 손끝, 발끝, 오감이 살아난다. 발끝, 손끝, 머리끝
이 간지럽다.

머리끝에서 솟구치는 저 뿔, 생기를 흠뻑 마시다 웃음이 오감을 적신다.

가장 순수하고 싶었던 자 나는 그를 악마라 부른다.

송곳니에서 샛별이 빛난다. 환멸의 바다에서 깨어난다.

4.
기억이란 모래가 쌓을 수 없는 성 같은 것이지.

당신의 실핏줄 속에 녹아내리는 빙정. 하나의 꿈이 서글퍼진다.

물음은 침묵 속에서 부서진다.

살아오면서 성내고 화냈던 그 모든 일들이 화해를 이루는 한 순간을 파도에서 본다.

나는 당신의 내장 안에 산다. 내가 당신을 먹고 있는 동안 당신은 괴롭다.

자신의 내면 위에 뿌리박은 씨앗이 떡잎이라는 뿔로 자라나는 것을 바라볼 때가 있다.

심장나무를 주워 먹는 나는 배고프다.

호흡이란 이 세계의 시공간과 하는 밀착된 키스인가? 이 아릿한 혓바닥 끝으로 밀려오는 공기는 살아있는 육체다.

당신을 쫓는 날짐승들이 두 발로 뛰어온다. 당신은 네 다리로 뛴다. 가장 느린 속도가 가장 빠른 속도를 따라 잡을 수 있다. 짐승의 시체에서 길을 잃다.

무기력함이 발화하는 꽃, 사람들은 밖의 시간들을 잊곤 했다. 시든 꽃이 눈물을 베어 문다. 내 심장은 총구의 구멍을 타고 내려간다. 나는 지옥을 볼지 모른다. 알아들을 수 없는 소리는 소리 내어 말할 수 없다. 나는 한번이라도 약속을 지켜본 적이 없다. 내가 부르는 모든 이름들은 익명이었을 뿐, 그 이름들이 아니었다. 나는 나의 이름조차 쓰지 못하는 문맹이다.

5.

기억되는 것은 모두 순간의 기억이지, 진실을 정지시킨 이별, 순간은 그래서 아름다운 거야. 13층 허공으로 걸어가는 너를 보았지만 나는 너를 따라갈 수 없는 죽음이 가로놓여 있었다. 시간의 징검다리가 사라진 이후 불안한 잠이 계속되었다. 잠시 귀를 만져보자 진정관이 뛰고 있었다. 귓불엔 여전히 부드러움이 남아 있었다. 방금 전까지 부드럽게 달콤하게 격정적이게 내 몸을 휘감던 여자는 없고 방 안에는 나와 이어폰만이 있었다.

꿈이었을까? 떨어져 나간 이어폰 쪽으로 자꾸만 손길이 간다.

6.

발도: 정지한 사람의 자세. 저 자세가 무섭다. 처음 그 시작의 완성이 그 이후를 모두 보여주는 저 자세. 움직이기 전에 모든 움직임을 보여주는 저 사람. 나는 그가 벌였을 사투를 생각하자, 눈물이 난다. 움직이기 위해 움직이지 않는다.

영원은 착각일지 몰라. 너와 내가 방금 전에 모르는 사이처럼 우리가 헤어졌다. 순간은 그래서 아름다운 거야. 기억되는 것은 모두 순간의 기억이지. 시작은 영원한 정지였다. 우리는 처음부터 아무것도 시작하지 않은 무(無)였다. 저 끊임없는 생성, 나는 그것을 사랑이라 부른다.

---

*레셰크 코와코프스키, 『마르크스주의의 주요 흐름』, 변상출 옮김, 유로, 2007, 47쪽. —플로티누스의 구세론 중에서. "인간의 정신은 영원을 비-시간(non-time)으로 구상하지만, 사실 시간은 비-영원(non-eternity)이고 존재의 부정 혹은 약화를 뜻한다는 것이다. 시간 속에 존재한다는 것은 전혀 존재하지 않는 것과 같다고 한다."

제2부

刀의 영혼

누군가를 베어야 할 것 같은 그 누군가에게 베일 것 같은

보자기에 둘둘 말린 刀를 옆구리에 차고 시내를 활보한다. 호랑이 한 마리가 가로등에서 노려본다. 어깨를 툭 치고 가는 자들은 시비를 걸려고 한 자들이다. 몸 어딘가에 刀가 있다. 뱀이 다리를 문다. 다리가 붓고 혈관으로 독이 스며든다. 눈망울에 핏기가 서고 입 안에 선혈이 한 움큼 씹힌다. 팔이 대나무처럼 툭 잘려진다. 나뭇잎 속에 숨은 닌자들이 초승달을 품는다.

모두를 베어야 할 것 같은, 刀의 영혼이 팔을 붙잡는다.

택시미터기 안에 뛰고 있는 저 말

혹, 도로 너머, 광야가 펼쳐졌다면
택시미터기 안에 뛰고 있는 저 말은
몇천 킬로미터라도 상관없다는 듯이
내달렸을 것이다 초목과 유목민이 사는
몽골 어디쯤, 흙 속에 움트는 씨앗처럼
몽골 고원지대를 소원했을 것이다
나침반처럼 자장 끝을 매섭게 노려보는
저 말, 말 등잔이 몽골알타이에서
고비알타이로 이어진 산맥처럼 씰룩이며
울란바토르의 젖줄, 툴강이 생각난 듯,
처음 켜는 시동처럼, 온몸을 부르르 떤다
과열된 엔진처럼 부동액을 끌어올리며
전생에 한번 스쳐온 듯한 그 길, 그 고원,
그 광야를 떠올리면서
수백억 년에 걸쳐 묻어두었던
원유를 뽑아 올리면서 화염처럼 뜨겁게
심장을 달군다 신호도 없고 경계도 없는
그 광야로 택시미터기 안에서 뛰고 있는 저 말은

한없이 뛰어 간다 마침내 택시 그림자가

택시를 박차고 달려 나간다 도로 너머 광야가 펼쳐진 듯

택시 한 대가 눈동자 속 터널을 빠져나간다

천 개의 고원

심장에 닿기 위해 내 안의 말은
사방팔방 몇십 리, 몇천 킬로미터라도
상관없다는 듯 내달려간다 히말라야
산하에서 내려다본 무수한 하천 너머
푸른 대지를 녹이는 한낮의 햇살처럼
작고 따사로운 풀잎에게 눈인사하는
내 안의 말은, 산양의 피를 마시는 저
저녁의 목책까지 훌쩍 뛰어넘어 간다
동음이의어로 가득한 일상의 목울음까지
내 안의 말은 새롭게 되새김질한다
산과 바다를 향해 절벽이 끌어안는
포말까지, 버티고 서서 우는 내 안의 말은
잠시 말울음으로 흩어진 갈매기 떼를
정렬시키고 다시 비상한다 내 안의 말은
심장 너머를 본다 천 개의 고원, 천 개의
하천이 모이는 이 바다에서 내 안의 말은
말갈기로 이글거리는 태양을 본다
내 안의 고동이 저기 저 천 개의 고원까지

둥둥둥 울려 퍼지는 뱃고동으로 전해진다
하루를 천년처럼 충전하는 하루살이처럼
내 안의 말은 잠깐 동안 반짝인다, 눈빛을

아틀란티스

가령, 몇천 년 전에 봉문한 사문의 후배
갈라진 뒤꿈치에 이미 잠긴 대륙을 숨기고 있다면
거지처럼 넝마 같은 세월의 옷을 기우고 있다면
그 언젠가 기연처럼
대서양 한가운데 아틀란티스 유적이 발견이 된다면
나는 한 번쯤 대륙을 잇는 판을 짜볼 생각을 할 텐데
이미 고대 이집트 이전에
대서양 한가운데 아틀란티스란 문명의 꽃을 피웠다면
아마 그 꽃은
몇억 년 전에 푸르던 사하라의 지평처럼
푸른 초목과 짐승의 낙원을 생각했을 텐데
몇 대 손 할아버지의 할아버지 산소처럼
봉문한 사문의 후배
지하도 대리석 바닥에 절을 하고 있다면
철 지난 유행의 옷과 꽃무늬 양발까지 내보이며
그냥 잠들어 있지 않았을 텐데
잠들어 있는 사문의 후배
봉문한 꿈처럼, 몽환처럼, 화석처럼 굳어진 뒤꿈치를 보면

볼수록

그리로 가는 지도 한 장에 가깝다는 것

과연 그 누가 그리로 가는 지도를 볼까

세상에서 가장 낮은 바닥을 딛고 있는 뒤꿈치, 아틀란티스

그리로 가는 길이 없다 해서

차안(彼岸)과 피안(此岸)의 경계가 사라지는 건 아니다

주머니에서 꺼낸 지도 한 장 펴본다

백동전이 손바닥 위에서 햇살에 반짝인다.

말발굽이 쫓는 저 달빛, 구름벌판을 달린다

구름이 달을 가리는 찰나, 흐릿하게 남아 있는 인상이 광속으로 두더지의 눈 속에 박힌다.

관 뚜껑을 열자 어둠 속에 봉인되어 있던 빛무리가 DNA 나선형 모양으로 소용돌이친다. 붉은 낙엽들이 연두색으로 바뀌며 관에 스며들었던 혈액들이 고인 지방과 함께 꿈틀, 백팔 뼈마디를 감싸는 구더기들이 보인다. 말굽이 무너지면서 흙먼지가 날리면서 세상의 끝에서 봤던 풍광이 잔광으로 남아 저 달빛, 가슴을 찌른다. 늦가을 공기가 첫 키스처럼 폐부로 말려 들어온다. 쐐기처럼 터지는 기침, 울음으로 삭은 나뭇가지 툭툭 부러진다. 여치가, 눈물이, 눈가를 스치고 간다. 강철 불꽃에게 살을 내어주고 마지막 온기마저 별빛에게 준 사랑이, 심장이, 뛴다. 수억 광년을 돌아 말발굽으로 뛰는 이 전장은 바람과 바람이 싸우는 돌풍이었다. 여우비 내리는 늦가을, 관절 속에 숨은 비명이 관 뚜껑을 열고 나온다. 잇몸 빠진 녹슨 칼 한 자루, 칼집을 벗고, 달빛을, 눈물을, 벤다. 말발굽이 쫓는 저 달빛, 구름벌판을 달린다.

안개에 가려진 오솔길을 따라 한 여인이 오른다. 아주 잠깐 차오르는 숨을 진정시키는 찰나, 두더지 눈 속에 박힌 잔상이 베인다. 살아서 보지 않았다면 믿지 않았을 단 한 사람의 얼굴이 구름에 가려진다. 말발굽이 쫓는 저 달빛, 구름 벌판을 구르몽 달린다.

천자문
―나는 목검에서 나는 바람 소리를 좋아한다

천자문을 펼치자

한 무사가 허공에 빠르고 날렵한 목검을

휘두르고 있다.

하늘 천

땅 지

검을 현

누를 황

무사가 밟고 지나가는 자리마다

찔리고 베어진 벚꽃잎들이 수북하다

붓처럼 꼿꼿하게 선 무사는

목검이 자신이고

자신이 목검이 되어

무와 문이 하나로 통하는 그 순간까지

발검을 멈추지 않는다.

베어진 것은 허공이지만

땀방울로 충만한 몸은 바람이 된다.

무사가 사라지고

천 개의 한자가 새겨진 천자문은

허공으로 가득하다.

새가 날자, 나뭇가지가 써 내려간

글자가 아이의 눈빛에 새겨져 있다.

깡통 속 밀림

사내가 발로 깡통을 찼을까?
깡통은 밀림으로 떨어진다
깡통이 굴러갈 때
그림자 무리들도 이동한다
그림자 한 마리가 한순간 뒤처진다
그 순간
빛은 그림자 한 마리를 놓치지 않고 덮친다
깡통 속에서 튕겨져 나간 소리 반대쪽으로
그림자 무리들이 잽싸게 튄다
빛이 소리보다 빨랐으므로
그림자 옆구리에 있던 어둠이 뜯겨져 나간다
혹 소리였는지 그림자였는지 빛이었는지
물고 뜯는 소리가 깡통 안에 가득하다

그림자 한 마리가 서서히
흰 뼈를 드러낸다

표범의 앞니가 깡통에 박혀 있다.

전생

—내가 기억하지 못하는 한 사람이 있다. 그는 전생의 나의 주인이다. 나는 그를 만나러 간다. 그는 분명 나의 죽음을 열렬히 바라고 있을 것이다. 나의 싸늘한 주검을 보고 기뻐할 그를 생각하면 소름성에 갇힌 옛 주인의 기괴한 음성이 들린다.

말이 통하지 않는 거리에서 나는 비상하는 한 마리 새가 되어 시간과는 무관한 영원한 햇살을 좇는다.

대답이 방패가 되어 되돌아오던 시절에 나는 격렬하게 빛나는 창끝이었다. 죽음이란 말 속에는 얼마나 많은 삶의 대화가 오고 간 것일까. 나의 대화에는 기억이 없다.

주막에 앉아 국밥으로 한 생의 허기를 달래던 시절이 터진 내장으로 흘러내린다. 나의 짧은 신음이 말발굽에 박힌 징으로 빛난다.

나는 몇 세기 전부터 환생을 거듭한 것일까.

나를 좇는 말발굽은 아직도 아쿤안다리 심장의 평원에서 들려오는데, 현생에서 나를 좇는 말들이 보이지 않는다.

내일이면 나는 오늘의 나를 영원히 기억하지 못할지도 모른다. 계속해서 바뀌는 나는 어디로 향해 가는 걸까.

내 죽음의 시간은 너무도 길어 나를 기억하지 못하는 내가 된다.

불안의 모서리는 너무도 지독하다. 내가 나를 살해하고 싶어 하는 저 끔찍한 악몽에서 나는 시원의 비밀을 엿본다. 모서리가 접힐 때마다 세상은 끔찍하다.

소름성에 갇힌 나의 주인이 벽을 치며 담쟁이덩굴로 기어오르고 있다. 착란, 기억상실의 저편에서 간간히 들려오는 나의 주인의 목소리는 SOS의 신호일까. 대양을 건너 바람을 타고 오는 복수의 창날일까. 햇살이 이처럼 강렬한 날엔 유리창 밖의 세상을 조심해야 한다.

심장이 뜨겁게 요동치는 한 순간이 있다. 그 순간, 심장은 제 심장이 멎었던 한때를 생각한다.

>

불행은 전생에 나의 주인이 흘렸던 눈물이다.

삶을 얻는 대신 죽음을 잃어버린 나는 평온함, 아무것도
존재하지 않는 그 텅 빈 공간 안에서 시간과는 무관한 내가
된다. 나는 그 시공간 안에서 태어났다. 내가 버리고 온 것이
무엇인지 기억이 나지 않는다. 산다는 것이 점점 살아가면
서, 만들어가면서, 존재했던 그 모든 것들에 대한 애증과 애
착이 동반되면서 점점 커져가는 혼란, 어쩌면 그 혼란이 내
가 태어났던 시원이었는지 모른다. 여기서 방점을 찍어도 무
관하리라.

나의 꿈이 동경이 되던 시절에 먼 눈빛에서 전해져 오는
신화의 바닷바람과 한정 없는 열정과 노력의 돛을 밀어붙이
는 바람이 항력을 읽는다. 감기는 눈빛의 수위가 수평선에
닿는 나의 얼굴에서 읽을 수는 없지만 읽고 싶다는 그 무엇
을 강하게 감지한다. 그것이 조개의 꽉 다문 입술에서 선캄
브리아 시대의 비밀을 엿보고 싶은 열망이라고 해도 저 작렬
하는 햇살의 열망도 언젠가는 이 우리 은하에서 사라지는 날

이 올 것이다.

　은하: 가끔 나는 저 회오리를 타고 싶은 생각, 중심을 이탈할 수 없는 인력과 척력 사이에서 돌아가는 저 애증의 회오리를 타고 싶은 생각이 발동한다. 혹 신이 만든 놀이기구라 할지라도. 나는 언젠가 이 긴 시간의 우회를 생각할지 모른다.

내 안의 마적 떼

돌풍이 부는 날에 내 전신을 타고 오르는 소용돌이 떼가
있다

음악은 대평원이다

달릴 수 있는 데까지 달리다 지친 말 한 마리를 보고 싶다

격한 새벽안개가 콧김에서 뿜어져 나온다

뒷다리로 긁는 저 푸른 먼지들이 산란하는 꿈

한 마리 파리가 말처럼 뛰어갈까

스키타이를 건너

황하를 건너

마력: 1초 동안에 건장한 한 사내를 1미터 움직이게 할 수

있는 힘. 마적 떼는 크로키만으로 그려질 수 있다. 심장의 평원을 요동치게 하는 말발굽에는 먼지와 바람의 마적 떼가 숨어 산다.

질주하는 말들에게서 느껴지는 묘한 마력. 질서를 혼란케 하는 이들에게서 느껴지는 마력. 열광과 연대. 마력은 순식간에 마적 떼를 만들어낸다. 내 안의 마적 떼를 부르는 소리가 들린다. 연대와 열광.

허공중에 입자와 파동을 이끌어내는 음악이란 마적 떼는 사람의 마음을 움직이게 한다. 고요와 침묵을 거부하는 한차례 움직임은 나를 가르는 마적 떼.

먼지와 바람의 마적 떼가 한차례 지나갔다.
지상의 풍랑과 하늘의 벼락이 한차례 지나갔다.

황제

1.

폭주족들이 사랑한 소음기통이 황제의 5호 16국* 머리통 속에서 요란하다.

2.

팽팽한 현이 되어 달리는 폭주족들이 사랑한 음은 바람의 현이다.

소리가 귀에 와 닿는 법이 없다.

목구멍 너머 신기루가 일렁인다.

망막에 맺힌 태양은 붉다. 소음은 음의 구별이 없고

황제의 눈알에서 5호 16국으로 이르는 실핏줄로 일어선다.

바람과 비가 제 꿈을 허물어도 제 발아래 난 길은 지울 수 없다.

새가 핏발로 일어설 때 폭주족들이 할퀸 음이 잉어의 속살을 맛보고 싶어 한다.

미시(未時)의 빛이 비늘에 묻어 반짝인다.

바람의 말들이 오고 가고

해거름 술은 황하에 비쳐지고 금빛 용상 아래 폭주족들이 사랑한 망국의 음과 난세의 음들이 도화 아래 춤을 춘다.

풍악이 울리고 이어폰 속의 악은 황제의 떨리는 눈꺼풀이다.

바람의 음(音)들이 현 위에서 용기**를 이룬다.

---

*위진남북조 시대에 북방의 이민족이 앞다투어 중원에 건립한 정권이 20여 개나 되었다. 그들이 활약한 시기를 한정하여 중국사에서 달리 5호16국 시기라고 부른다.
**용 두 마리가 서로를 틀어 감으면서 오르는 문양을 그린 깃발.

고스톱

갈 것인가 말 것인가 이것이 문제로다.

고스톱은 리스크의 미학이다. 리스크를 줄이는 것, 그것이 고스톱을 잘하는 비결이다. 부의 축적이 아니라 부의 분배가 이루어져야 한다. 자신의 패보다 상대의 패에 집중하는 것, 그것이 바로 고스톱의 원리이다.

패를 섞고 다시 패를 나누는 과정에서 카오스와 코스모스는 반복된다. 질서와 혼돈이 여러 차례 반복될수록 고스톱의 계절은 바뀐다. 고스톱을 잘하는 사람은 이 계절을 즐기는 자이다. 즉, 혼돈에 기쁨을 질서에 만족을 느끼는 자이다. 그것은 하나의 자연의 섭리처럼 봄, 여름, 가을, 겨울로 이어진다. 봄에는 꽃구경 가고 여름에는 해수욕장을 찾고 가을에는 단풍 보고 겨울에는 눈꽃을 보러 간다. 고스톱을 친다는 것은 바로 이러한 즐김의 미학을 선물 받는 것이다.

고스톱은 돈을 따거나 잃는 놀이가 아니다. 돈을 따거나 잃는 놀이에 집중하는 사람은 자신이 원하는 돈을 쟁취할 수 없다. 오직 이 우연의 원리에 느낌을 부여하는 자만이 돈을 가둘 수 있다. 돈에 집중하지 않고 오직 이 우연의 음악 소리에 심취하여 끝없이 혼돈과 질서를 반복하는 저 음률에 귀기울이는 사람만이 고스톱의 미학을 즐길 줄 아는 자이다.

고로, 갈 것인가 말 것인가는 선택의 문제가 아닌 스텝의 문제로 춤의 문제로 음악의 문제로 귀결된다.

그것은 즐김의 형태이지 고민의 형태가 아니다.

고로 절박함이 집중을 낳는다는 말은 한 수 아래의 미학이다. 오히려 흘러넘침, 과잉의 잉여, 충만함의 미학이 한 수 위일 수 있다.

고스톱은 우연의 음악이다. 이 우연을 이해하지 못하는 자는 공포가 될 수 있다. 쓰리 고에 피박에 광박에 자신의 전 재산을 탕진할 수 있다. 그것은 허망한 일이다. 우연은 공포가 될 수 있지만 우연은 즐거움일 수도 있다. 감각적으로 우연을 이해하는 사람은 그 방면에 예술가가 되고 그렇지 않은 사람은 우연을 무미건조한 바위처럼 대할 것이다.

우연이 댄스가 되냐 우연이 얼차려가 되냐의 차이는 운명, 팔자, DNA로 바꿔 말할 수 있다.

그러나 잘 찾아보면 당신에게도 우연의 음악 하나쯤은 내장메모리처럼 붙어 있을 것이다.

강한 시차*

외로운 것은 귀가 있기 때문이라지 그렇다면 저 눈발은
하늘에 무얼 버리고 왔기에 저리 내리는 걸까?
—박태건 시인의 문자 메시지 2006/02/28 10:23am

1.

음란서생을 보다, 사랑은 절대적인 충만함을 통해 나타나
는 유한한 생의 눈물이다.

헤겔의 『믿음과 지식』을 읽다, 미치도록 보고 싶은, 미치도
록 읽고 생각하고 싶은, 유한한 생의 눈물은 과연 무엇일까?

상대적인 것과 절대적인 것의 차이를 L에게 이야기해 주다.

착각, 혹은 꿈에서나 본 듯한, 꿈결에서나 만난 듯한―음
란서생

서점에서 가라타니 고진의 『트랜스크리틱』을 약간 읽다,
칸트와 마르크스라?

글자에 눈알을 찍고 싶다.

2.

고진의 『트랜스크리틱』을 절반 읽다,

강한 시차: 연대를 알 수 없는 뼈들이 물컹한 살들 속에서 헤엄치는 저 움직임을 우리는 운동이라고 일컫는다. 강한 폐는 뿌리째 나무를 움켜쥐고, 뽑아든다. 나는 한 호흡으로 다량의 관다발을 찢어버린다. 나뭇잎은 떨리는 눈썹이다.

달은 동공**이다.

나는 들소 떼처럼 먼지의 안개 속에서 이동해야 한다.

'강한 시차'를 통해 내리쬐는 직관의 햇살은 눈부시다. 여행은 시작된 것이다. 읽을 수 없는 저 문장, 저 단어들, 나는 이방인이다. 나는 알아들을 수 없는 말들의 거리를 행진한다. 내 심장의 북소리와 함께 나는 비상하는 새들의 귀를 통째로 전신주에 매달아 놓는다. 절대왕조의 거리를 걷는 나는 나의 과거와 이별한다. 새로운 신분제를 하사받은 나는 이방인이다. 신민의 국가 아래 있는 이 세계에 대해 나는 하례를 할까 말까 망설이다. 첨탑에서 울려 퍼지는 종소리에 정신을 차리고 거리의 행진을 계속한다. 무릎과 무릎 사이를 스치고 지나가는 바람, 인연, 사랑이 있었다면 신속하게 내 곁을 스쳐 지나갈 것이다. 블랙홀이 있다면 눈물의 행성을 가둘 것이다. 빛이 먼지로 폴싹이며 자신의 키 높이로 구두에 내려 앉을 때 절대왕조의 눈부신 영광은 사라진다. 연대를 알 수 없는 물컹한 이물질이 동공 속에서 해안선을 그려낸다.

2006/03/07/21:09, 컴퓨터 기계음 속에서 노동하는 노동자의 0과 1.

---

*가라타니 고진의 『트랜스크리틱(칸트와 마르크스 넘어서기)』 중에서.
**1.현실(real)은 실제적인 것(actual)과 잠재적인 것(virtual)으로 나뉜다. 잠재적인 것은 예술가의 눈동자이다. 실제적인 것은 예술가의 비참한 삶이다. 고진은 '강한 시차'를 통해 예술가의 눈빛을 그려내려 애쓴다. 예술가가 그려낸 세계가 아닌 예술가가 그리고자 했던 세계에 대한 눈빛이다. 2.무릇 시의 실패는 개별자의 보편적인 언어가 특이성에 가닿지 못하기 때문이다. (즉, 표현할 수 없는 것은 보편적인 언어를 통해 형상화할 수 없다는 점에서 힘이 들고, 표현할 수 있는 것은 개별자의 특이성을 형상화할 수 없다는 점에서 힘이 든다.) 3.〈시를 쓰는 방법에 대한 책〉과 〈시를 실제적으로 쓰는 것의 차이〉는 '강한 시차'를 나에게 안겨 준다. 실제적 삶, 철학은 이 질문에 답변해야 한다. 과연 그 누가 통념의 자본론을 쓸 수 있을까? 4.나를 유혹하는 것은 '강한 시차'일까? 무한이, 영원이 나를 유혹한다. 나는 떠나야 한다. 사회적 관계망을 떠나서도 사회적 관계망은 작동한다. 사회적 관계망이 작동하기 전에.

미로

미로는 길 안에 갇혀 있다.

미로를 벗어나는 길은

미로 안에서 길을 찾는 것이 아니라

미로 안에서 길을 벗어나야 한다.

고로 길에서 벗어나야 한다.

길이라는 집착에서 벗어나야 한다.

길이 아닌 곳이 바로 답이다.

미로의 답은 길이 아닌 곳이 길이 된다.

허공도 길이요, 벽도 길이다.

사방이 다 길이다.

고로 미로는 없게 된다.

막힌 모든 길이 뚫린다.

혹 미로에서 길을 찾았다 해도

수많은 사람이 다시금 미로 안에서 길을 잃게 될 것이다.

미로는 길이 아닌 길들을 모아놓은 곳이다.

수많은 길들이 있지만 모든 길들이 길일까 하는 의구심만
갖게 하는 길이다.

사우論

　나의 이름은 혼돈이다. 하여, 내 마음은 정해진 중심이 없으며
　흩어진 수증기처럼 그 크기도 방대하다. 내가 뭉쳐 하나의
　빗방울이 될 때 그대들은 나를 인식할 것이며, 그것이 단지
　빗물이라는 느낌만을 간직할지 모른다. 하여 나는 그대들에게
　가끔 대노하는 청천벽락 같은 음성으로 그대들 귀의 진정관을
　놀라게 하는 것이다. 이는 나의 위대함에 대한 설파가 아니라
　그대들이 느끼지 못하는 촉감에 대한 청각의 진노이다.
　그대들의 오감이 숨죽인 세상살이 때문에 영은 육을 탐하고
　육은 영에 의해 움직이는 이런 괴이한 일들을 나는 이해하지도
　인정하지도 않는다. 다만 나의 분노는 자연현상에 가깝고
　그대들의 과학적 이해가 나의 진실을 외면한다 하여,
　나의 분노가 인정받지 못하는 것도 아니다. 다만
　잠자는 그대들의 감정의 불씨를 훔쳐 그대들의 문맹의 문을

여는 데 사용할 것이다. 이는 누구보다도 영특한 것이며

천재적인 행동이 될 것이다. 천재란 남들이 퇴화시킨 꼬리뼈를

치켜세우는 행동으로부터 나온다. 나의 꼬리는 짐승의 것이 아니며

나의 꼬리는 비방과 계몽의 범주로 하락시킬 수 있는

근거가 없다. 다만 나의 행동에 있어 처음과 끝이 보이지 않는

것은 문장의 문맥이 사리분별을 잃어버린 탓이 아니라

그대들이 갖고 있는 문자의 가치척도에 의한 행동일 뿐이다.

나는 중심이 없는 중심을 설파하는 것이 아니다.

작금의 이런 이론들이 그대들을 광분케 할 수는 있어도

그대들을 융성케 할 수는 없는 것이다.

흔히들 나의 이름을 악이라고 부른다. 그대들이 말하는 악은

이해하지도 이해할 수도 없는 원인으로부터 나온다.

모든 불만과 분노는 이해할 수도 이해받지도 못하는

경우에 생긴다고 볼 수 있다. 그런 그대들을 위로하고
이해하는 것은 오직 나뿐이다. 나는 그대들을 이해하는
것이 아니라 그대들이 잠자는 그대들의 심정을 노래하는
것뿐이다. 나는 그대들이 시를 몰라 시를 짓지 못하는 것이
아니라 그대들이 영혼을 불러내는 감성의 촉매제를 잃어버린
탓으로 여긴다. 하여 그대들은 나의 이름을 부르는 동시에
나의 이름은 그대들의 영혼에 안식을 가져다 줄 것이다. 하여,
지금부터 말하는 악은 단순히 이해할 수도 이해받지도 못하는
악이 아니라 이해할 수 있고 이해받을 수 있는 악이
될 것이다. 나는 그것을 노래할 것이다.

질서라는 이름으로 낙인찍힌 범죄인들이여! 내 말을 경청하라!
그대들의 잘못은 오직 이해할 수도 이해받지도 못하는
불만과 분노 때문이다. 그대들이 말하는 분노와 불만을

나는 알고 있다. 단지, 혼돈이란 이름으로 그대들의 죄를 사하여 줄 생각은 없다. 그대들은 정당하다, 단 그대들의 정당함을 말 못하는 심정을 이해할 뿐이다. 악은 말 못하는 심정에서 연유한다. 세상은 미로 안에서 길을 찾는 생쥐처럼 우리를 실험한다. 질서가 태동할 때는 혼돈의 이름으로 명명한다.

질서를 세우는 악의 무리들은 선을 삼창한다.

우리가 선이다, 우리가 선이다, 우리가 선이다.

고로 세상의 질서를 세우는 이들은 혼돈의 아들들이다.

그런 아들들이 왜 아버지를 배신하는가?

선이라고 이름하는 모든 이들이여, 왜 아버지를 부정하는가?

제3부

은행나무침대

천 년 전쯤에 접속이 끊어졌다. 거문고 현을 타고 나는 은행나무주점으로 들어간다. 옛 가옥 너머 은은한 찻잎이 떠 있다. 거문고 산조가 들린다. 미단의 눈물이 마른 풀잎에 떨어진다. 사랑이 이쯤에서 끊어진다. 천 년 후에 우리 다시 접속할 수 있을까? 미단이 가슴에서 멀어진다.

접속이 끊어진 하오. 미단이란 아이디를 쓰는 여자를 찾아 나는 인사동 골목으로 들어선다. 만나기로 한 약속 장소에는 빨간 스웨터에 힙합청바지가 안 보인다. 탁자에 앉은 나는 은행나무 한 그루를 바라본다. 거문고 산조가락을 아는지 모르는지……. 은행잎들이 춤사위로 떨어진다. 주점 한쪽 벽면에 붙어 있는 사진이 눈에 들어온다. 스물 초반의 한 여자가 한복 저고리 곱게 차려입고 나를 지그시 쳐다본다. 오래 기다렸다는 듯 눈가에 주름이 잡힌다. 청자운학 다기에 손이 간다. 향내가 은은하다. 콧속으로 미단의 향기가 스며들었을까? 천 년 전 하늘사랑이 망막의 주름으로 잡힌다. 눈물이 청자운학 다기 위로 떨어진다. 은행잎 하나가 허공 위에서 빠르게 소용돌이친다.

방위

1.

뒤돌려차기.

회전은 직선을 무너뜨린다.

회전은 직선의 세계에선 보이지 않는다.

다만, 불안할 뿐이다.

시야에서 사라졌다 다시 나타난다.

원 안에 나를 가두고 원 밖으로 뛰쳐나가는 한 사내.

폭풍처럼 일어난다.

2.

어깨를 돌린다. 그리고 하나의 방위가 탄생한다. 상대는 정면을 보고 있다. 나는 그의 측면을 보고 있다. 이것이 바로 방위의 탄생. 각도의 탄생. 그리고 하나의 세계가 탄생한다.

비경을 볼 때, 각도에 따라 탄성이 절로 따라온다. 그것은 각도에 따라 비경이 춤을 춘다.

방위. 그것은 우리가 무한과 영원성을 향해 나아가는 비밀이다.

이것은 바깥의 사유이자, 무한과 영원성에 이르는 하나의 방법이다.

신의 한 발자국을 그리는 연습. 그것이 바로 어깨를 돌리는 연습이다.

3.

우글거림. 무질서. 그리고 군중의 저 미친 함성. 저 악마적인 발걸음 앞에선 방위도 필요 없다. 도처에서 방위가 무너지고 도처에서 방위가 생겨난다. 골렘의 눈에서 진흙이 흘러내린다.

4.

나는 그의 항해를 생각하면 두려움이 앞선다. 그가 항해한 것은 나에겐 죽음처럼 보이지만 그에게는 그것은 환희였을 것이다. 우리는 늘 차선의 삶을 선택하며 산다. 최선이라 불리는 그의 항해는 마치 벼락과 천둥이 쌍벽을 이루는 저 먹구름 같은 바다를 헤치며 나아가는 한 마리 물새 같은 느낌일 것이다. 그것은 비늘과 비늘이 노가 되어 젓는, 하늘과 바다의 경계를 허무는, 하나의 폭우와 우레였을 것이다. 그는 죽기 위해 사는 것이 아니라 살기 위해 죽는다. 그래서 그의 위험천만한 항해는 늘 초조하고 위기 그 자체로 점철된다. 어찌 한 인간이 저런 위기 상황 속에서도 우울이 아닌 웃음을 잃지 않는지 알 수 없다. 다만, 그에게는 이것은 질 수 없는 끝없는 항해란 사실에 더욱더 환희에 넘치는 심장으로 요동친다. 이것은 끝이 아니라 시작이요, 끝없이 다시 시작해야 하는 시지포스의 좌절을 밀어 올리는 활력 그 자체라 말할 수 있다. 어찌 한 인간이 이 환희 속에서 살 수 있는지 보통의 범인은 알 수 없는 것이라 말할 수도 있을 것이다. 그러나 누구나 자신의 에너지를 한 곳으로 밀어붙인다면 가능한 일이다. 다만, 그것이 갈수록 힘겹고 힘에 부쳐 도저히 할 수 없는 뇌사상태에 이를 수 있는 위기감이 당신을 멈추게 할 것이다. 그것은 죽음에 이르는 병처럼 보일 수 있다. 그것을 뚫을 때마다 몸은 망가질 수 있다. 병리학적으로 당신은 대

머리가 될 수도 있고 틱 증세가 나타날 수도 있다. 그것은 그가 전쟁터에서 얻은 훈장처럼 총알이 몸을 뚫고 나간 상처의 흔적, 육조 우선이다. 어떻게 그런 고통 속에서 정신착란을 일으키지 않고 살 수 있는지 묻지 않을 수 없다. 그러나 그것은 정신착란조차 안주할 수 없는 그런 항해일 것이다. 당신이 죽고 당신 자식이 사는 세상처럼 그는 미래를 산다. 그것은 부피가 아닌 밀도이며, 하나가 아닌 여럿이다.

　나도 아니고 너도 아닌 다른 지점으로 방향키를 돌리고 나아간다. 그것은 소용돌이치는 늪, 죽음이 입 벌린 하품, 그러나 그것은 틈새. 하나의 세계가 열리는 시점. 모든 욕동이 입 벌리고 있는 저 입구로 나아간다. 그것은 지금 여기가 미래의 어느 시점의 과녁을 뚫고 다시 현재로 돌아오는 클라인 병. 그것은 뫼비우스 띠로 목걸이 한 신의 장식.

　폭풍이 밀려온다.
　회전과 회전이 싸운다.

정물의 세계 1

1.
소음의 세계가 사라지고 정물의 세계로 걸어 올라간다.

산정에서 본 도시는 유령 같다.

그 많던 사람들은 보이지 않고
보이는 것은 건물뿐이다.

나무 하나하나가 보이고 숲의 세계가 보이지 않는다. 나는
사라진다.

2.
산정과 도시의 거리가
매화나무가 그려진 꽃병과 나의 거리다.

소음과 정물 사이에 거리를 나는
매화나무가 그려진 꽃병과 나 사이에서 본다.
혹 매화나무가 그려진 꽃병으로 걸어 들어가면

이 세계도 조화분청이 될까.

보이지 않던 세계가 보이고 보이던 세계가 보이지 않는다.

정물의 세계는 아늑하다. 두루마리 구름이 흐르고 마흔일곱 계단을 밟고 내려온 빛과 강물이 하프를 연주하고 가끔 사람들이 나타났다 사라진다. 내가 사랑했던 한 여자가 나타났다 사라지고 내가 나타났다 사라진다. 세계는 사라지고 나타나기를 반복한다. 나는 정물의 세계에서 정물의 세계를 징검다리 밟듯 건넌다. 징검다리 사이로 세찬 물살이 흐르고 우리는 그 물살을 건넌다.

걷는 발걸음의 속도가 이 세계를 본다. 빠른 자는 느린 세계를 보지 못하고 느린 세계에 사는 자는 빠른 세계를 보지 못한다. 우리를 가리고 있는 장벽은 속도와 거리에서 발생한다. 속도가 만들어낸 정물의 세계는 거리와 함께 시시각각 달라진다.

정물의 세계로 사라진 사람들은 정물의 세계로 등산을 마치고 나온다.

3.

매화나무가 그려진 꽃병으로 걸어 들어가기를 나는 주저한다.

세계는 흰 유약으로 발라진 바탕에 매화나무가 전부다.
귀얄붓으로 그려진 이 세계는 알 수 없다.
아무것도 모르는 세계는 늘 두렵고 설렌다.
사람이 사람에게서 멀어지면 인상(印象)의 세계가 된다.
내 기억은 인상화석(印象化石)이 된 매화나무다.
매화 꽃잎이 떨어지고 나는 바람이 내뱉은 무언을 듣는다.

말을 잊고, 사회적 약속을 잊고, 내가 사랑했던 모든 사람을 잊었다. 내가 아는 모든 것들을 내가 알지 못한 세계에서 버렸다. 아니 잊었다. 너무 오랜 세월이 매화나무 한 그루만을 봤다. 나는 인상(印象)의 세계를 빠져나오지 못할지 모른다. 고요와 정적이 정물의 세계를 보호한다.

내가 잊었던 세계가 정물이 된다.

매화나무 그려진 꽃병에서 본 이 세계는 말이 없다.

정물의 세계 2

1.

버클리의 『새로운 시각 이론에 관한 시론』을 읽다, 유령과의 대화란 늘 즐겁다,

2.

당신이 떠난 후 백일이 지났다,

나의 선과 당신의 예각이 달랐으므로 나는 혼란스러웠다.

정물의 세계로 들어가고 싶었으나 들어가지 못했다는 자책이 깨달음을 얻게 했다.

당신이라는 정물의 세계에서 나의 선과 예각은 아무런 소용이 없었다.

당신이 보는 선과 예각의 세계 안에서 나는 흐릿한 사물이었다.

버클리는 말한다. 본다는 것은 경험이라고.

나의 경험과 당신의 경험이 달랐으므로 우리는 서로 다른 사물을 보고 있었다.

정물 세계 안에서 나는 고독했다. 내가 이해했던 한 세계가 끔찍했다. 나의 철학은 세계를 구할 수 없었다.

그럴 때마다 나는 무한과 영원에 기대 침묵 속에 칩거했다.

눈을 찌르면 그 어떤 깨달음이 열릴 수 있을까.

사물의 선과 예각이 제각각인데 어떻게 사람들은 보편성과 일반성을 얻었을까.

퐁티의 눈에 보이는 것과 보이지 않는 것보다 위대한 것은 눈에 보이지 않는 것이 눈에 보이는 것처럼 착각을 만들어낸다는 것이다. 그것이 인류의 위대성이다.

>

나는 사라진다.

3.

아이가 최초로 보는 세계는 정물의 세계다. 경험이 없으므로 세계는 보이는 것이 아니라 보이지 않는 것이다. 아이는 전생에 광물이었거나 초목이었거나 구름이었을지 모른다. 그가 세상을 이해하던 방식이 이젠 통용되지 않는다.

내가 매화 꽃잎이 그려진 매화 꽃병으로 걸어 들어가서 보는 세계는 이해 불가능한 세계가 아니다. 다만, 선과 예각이 경험을 갖지 않는 것뿐이다.

사랑이란 그런 것이다. 하나의 선과 예각을 가졌다고. 그러나 그것이 당신의 선과 예각은 아니었다고.

내가 당신을 이해하는 사이에 당신은 부재하고 당신이 나를 이해하는 사이에 나는 부재했다. (우리는 코앞에서 서로를 보고 있었지만) 우리가 보는 것은 시각이 아니라 마음이었음

했다고. 그러나 당신이 광물의 세계에 살고 있을 때, 나는 초목의 세계를 꿈꿨고 당신의 구름이었을 때, 나는 내리는 빗물이었을 뿐이다. 당신의 선과 나의 예각이 달랐으므로 우리는 만날 수 없는 거리시각을 갖고 있었다고.

거리에서 지나치는 수많은 인파 모두 서로의 사랑이었을지 모른다. 그러나 서로가 서로를 알아보지 못하는 것은 공유된 경험이 없으므로 선과 예각이 제각각 달랐음을.

슬픔이라는 것은 우리의 눈이 천 개 만 개의 눈을 갖고 태어난 원생동물이 아니었다는 것.

눈이 없으므로 세계의 눈이 되어버린 최초의 세포가 정물의 세계에서 잉태된다.

정물의 세계 3
—진공

1.
내가 유령인가 당신이 유령인가.
나는 사라지면서 나타났다 사라진다.
당신도 나타났다 사라지면서 나타난다.

내가 극장에 있다고 하면 극장에 있고
내가 직장을 다니고 있다고 하면 직장에 있고
내가 이별을 해서 아파하면 아파하고 있고
내가 사랑을 해서 기쁘다 하면 기쁘다.

더 이상 명징한 게 있을까.

이러한 허구는 그 누가 조종하는가.

맛있다, 즐겁다, 슬프다, 기쁘다, 역겹다, 너무나 아름답다
등등.

당신은 정말 내 곁에 있었던가. 아니면 유령인가. 당신은

왜 없고 내 곁에 남은 것은 기억뿐인가. 내 기억을 증명할 만한 그 어떤 문서도 내 영혼 속엔 보관되어 있지 않다.

나는 텅 빈 무, 나는 바뀌는 사물 안에 있는 부동자. 아니면 나는 바뀌는 사물 중 하나, 나는 스크린 속의 입자.

시간의 나룻배를 타고 풍속 37km로 달리고 있다. 나는 이 바람이 참 좋다. 사라지는 풍경 안의 사람들이 그립다. 내가 사랑한 사람들이 실체가 아니라도 나는 그들이 그립다. 내가 명징하게 말할 수 있는 말들은 없다. 혹 이미지가 전복되는 순간 나는 거짓말의 참말을 볼 수 있지 않을까.

내가 불환 지폐를 주는데 왜 당신은 먹을 것, 입을 것, 잠잘 곳을 주는가. 나는 나의 노동을 이해할 수 없다.

이해 불가능한 것을 감내하고 있는 저 이미지는 사람인가, 유령인가.

살아있는가. 밥은 먹고 다니는가. 자신이 죽은 자인지 몰라 혹 저렇게 열심히 땀 흘려 일하는가.

있는 것이 무엇이고 없는 것이 무엇인가. 왜 있는 것이 없고 없는 것이 있는가.

셰익스피어 말처럼 인간은 '시간의 지배'를 받고 있기 때문인가.

왜 내 주변의 공간 안에 위치한 사물은 변화하는가.

그 공간 안에 위치한 사물은 있는 것인가 없는 것인가.

시간의 나룻배를 타고 있어서 사물은 정물의 세계가 되는가.

공간은 유령의 집,

모두 공간 안에 사로잡혀 있는 유령들이다. 공간을 떠나서는 살 수 없는 유령들, 공간의 그리움이 그들을 불러들인다. 혼이 없는 유령들이 출근한다. 다리의 영혼이 발의 정신을 이끌고 간다. 당신은 유령인가, 살아있는 사람인가.

살아있다는 것을 어떻게 증명할 수 있단 말인가.

상실, 방황, 슬픔, 좌절 이러한 단어가 증명할 수 있단 말인가.

어쩔 수 없다는 당신의 거짓말 속의 참말과 거짓말 사이를 오가는 당신의 눈빛은 슬프다. 그조차 보이지 않는다면 당신은 영혼을 잃어버린 좀비다.

너무나 빠른 속도는 속도가 아니라 폭력이다.

당신은 살아있는가. 죽어서도 잊지 못할 사랑은 있는가.
변하는 것을 변하지 않게 막을 방법은 없는가.

왜 진리는 항상 눈뜨고 있어야 하는가. 죽어서도 감지 못할 눈은 무엇인가.

감내하는 것은 나인가 당신인가. 꼭 당신들이 살아있는 사람이기를 당부한다. 나는 유령으로 떠돌 것이다.

　2.
　─아킬레우스를 뒤쫓는 화살은 영원히 아킬레우스를 따라
잡지 못한다. 아킬레우스가 흘린 영원은 비웃음일 뿐이다.

　하늘의 내장이 훤히 들여다보이는 저물녘
　고환을 늘어뜨린 낙타와 붓다가 흘린 웃음 바람을 배낭에
메고
　사자가 먹다 버린 육포를 질긴 이로 물어뜯으며
　풀린 동공을 질끈 동여멘다.
　열 손가락을 절단해서 해탈할 수 있는 문제가 아니다.
　입 안에서 물고기들이 울컥울컥 넘쳐 흘러나오고
　툭툭 떨어지는 손톱 발톱의 벼랑들
　눈썹을 흔드는 쥐며느리.
　발바닥을 타고 올라오는 고통의 크레파스
　삼지창을 든 새끼 악마 위아래로 두개골을 흔드는 웃음이
진동한다.

―내가 당신을 그리는 사이 당신은 물감에 녹아 없어지고 싶겠지.

영혼의 한숨과 육체의 졸음을 이길 수 있는 의지와
인내하다 졸도할 수 있는 열정과
피그말리온으로 내리치는 도끼로
영원히 찍어도 녹지 않는 시린 눈 결빙의 힘을 빌려주시면
불덩이와 빙정에 갇힌 영혼의 철창을 뜯어 오를 수 없는 하늘과
꺼지지 않는 땅 사이에 존재하는 모든 불사의 혼들을 거둘 것이며
천지인의 정기를 모아 만든 눈물 한 방울로 타락하고 번뇌하는
모든 영혼의 고향을 거둘 것이다.

당신 동공에서 뜨는 해와 달과 당신 육체를 이탈한 영혼은 영원히 닳고 헐지 않는 구름의 신발이다.

\>

3.

줄을 당겨야만 나아갈 수 있는 거리가 있다.

한꺼번에 당겨진 거리가 있다.

나아가면서 끝없이 후퇴하는 게 무얼까.

나아가는 것도 후퇴하는 것도 아닌 정지하고 있는 활.

나아가면서 끝없이 후퇴한다.

후퇴의 끝, 당김 혹은 당겨진 힘.

활대에 붙는 공기, 활대에 붙는 마찰,

불타는—당김 혹은 당겨진 힘.

급속하게 냉각되는 힘.

활은 과녁에서 얼어붙는다.

활꽃이 핀다.

4.

아름다움은 축소다. 점화, 폭발이다.

이별은 진공 상태를 경험하는 것이다. 폭발음이 있었고 그
안에는 연소의 불꽃이 총알의 꼬리를 붙잡고 시간과 공간이
든 상자를 일순간 마법으로 사라지게 하는 꿈의 연소를 일으
킨다. 사라진다. 모든 것이 일순간 압축된다. 공간과 시간이
사라진다. 사라진다는 것은 시간과 공간이 충돌하는 것이다.
진공을 경험하는 자는 일순간 대륙의 지형이 바뀌는 것을 경
험한다. 단 1초에 몇억만 년에 가능한 대륙 이동을 경험한다.
어떻게 진공이 일어났을까. 어떻게 연소했을까. 어떻게 사라
진다는 것이 가능하지.

한순간 공간과 시간이 소멸한다.

>

모든 것을 빨아들인다.

없어지는 것 안에는 연소가 있었다.

진공 상태가 존재한다.

그러나 다시 연소가 발생한다.

진공을 못 견뎌 하는 공간과 시간이 일순 압축된다.

소멸이 진공 상태를 만든다.

진공 속에서 내장기관이 압축된다.

터진 자리마다 꽃이 핀다.

진공이 만들어낸 꽃. 심장이 터질 듯하다.

그 안에서는 분명 폭발음이 울렸을 것이다.

연소의 불꽃 또한 보지 못한다.

0.

어느 날 당신에게 스며 있던 눈물이 내 눈에서 흘러내릴 때
나는 알았다, 설명할 수 없는 당신의 진공을.

당신의 목소리는 분명 폭발음 안에 있었을 것이다.

유일한 입구

1.
착각은 내가 이 세상을 빠져나가는 유일한 입구다.

돌아갈 수 없는 말들이 있다. 말은 이 세상에 태어나 한 번도 제 몸을 허락한 적이 없다.

시베리아 기단이 실핏줄처럼 돋아난 사내의 동공은 시베리아 허스키가 끌고 온 황량한 겨울이 들어차 있다.

타자를 사랑하기 위해서는 타락해야 한다. 그 타락이란 것이 실제이다. 우리가 사랑하는 것이 이 세계라면 우리는 타락해야 한다.

우리가 틈을 살지 않는다면 우리의 미학은 한낱 공허할지 모른다.

셸링이 말한 모든 것을 버린다는 말은 버린 자와 버려진 자의 생각으로 구별된다. 전자는 무한한 자유를 생각할지 모르지만, 후자는 무한한 지옥을 경험할지 모른다.

모든 시는 실제에 배반당한 사실이다.

2.
당신이 최초의 인간이 되어 생각한다면 무슨 생각을 할까. 티브이도 없고 사회적 관계도 없는 원시의 한복판에서 당신은 생각한다. 상상한다. 저 무한하게 펼쳐져 있는 녹음 안에서, 당신은 생각한다.(이러한 의문조차 불가능한 한 세계가 있다면 당신은 어떤 인간일까?)

상상은 이해다. 타임머신은 이해 불가능한 공간과 시간을 꿈꾼다. 그것이 과연 가능할까. 가능하다, 아니다. 당신의 밀림, 당신의 원시성, 당신이 꿈꾸는 자연은 너무나 방대한 백지다.

한순간 착각이라는 밀림을 헤매어 보자. 당신을 쫓는 날짐승들이 두 발로 뛰어온다. 당신은 네 다리로 뛴다. 심장은 여

뎗 개. 고장 난 눈에서 눈물이 침으로 흘러내린다. 허벅지를 강타하는 총성 한 발은 시공간을 뛰어넘어 날아오고 있다. 당신이 죽기 직전 당신이 꿈꾸었던 한 세상이 사라진다. 그래, 이제부터. 다시 시작이다.

당신은 최초의 인간이 된다. 꿈꾸는 심장은 단 하나의 열매가 된다. 저 심장나무를 주워 먹는 나는 배고프다, 뜨겁다. 호흡이란 이 세계의 시공간과 하는 밀착된 키스인가? 달콤하다, 이 아릿한 혓바닥 끝으로 밀려오는 공기. 살아 움직이는 공기, 공기는 살아있는 육체다.

상상의 방황은 끝을 향해 간다. 그 어디가 그 어디인지 알 수 없다. 알기 이전에 얇은 피부일까.

광속의 속도로 자라나는 넝쿨이 당신을 잡고 놓지 않는다. 달아날 수 없는 시공간은 지금 여기,

당신의 실핏줄 속에 녹아내리는 빙정. 하나의 꿈이 사그라

지고 있다.

3.
—당신의 꿈은 기원전,

벌레의 내장을 끄집어내는 당신의 핀셋은 세 개. 나는 당신의 내장 안에 산다. 내가 당신을 먹고 있는 동안 당신은 괴롭다. 이상 징후, 병명은 간단하다. 우리는 알 수 없는 세포분열로 인해 나이를 먹는다. 세월은 자기 존재를 긍정하지 않는다고 외쳐댄다. 나는 죽는 것이 아니라 사라지고 있는 것이다. 기억이, 추억이, 나의 몽상이 상상의 나래를 펼쳐내고 있다.

길을 걷다 빠진 말들을 찾아본다. 호주머니가 텅 비어 있다. 나와는 인연이 없는 모든 도시의 사물과는 달리 지금 내가 착각해서 본 이 길이 이 세상을 빠져나가는 유일한 입구 같다. 빠진 말들이 가슴을 구긴다.

그래픽 바다

그래픽 눈이 내리고 그래픽 바다가 출렁인다.

유령은 내 몸을 무사통과하는 저 그래픽의 벽이지.

나는 잠시 그래픽 바다에 잠긴 혁명을 꿈꾸어 본다.

꿈 밖 감옥이 꿈 속 살인을 감금할 수 없듯
꿈 밖 살인이 꿈 속 감옥을 벗어날 수 없지.

왜 매일 가드레일을 부수고 그래픽 바다로 뛰어들려고 하
나.

결빙이란 일시적 그래픽 장애일 뿐. 꿈이 깨어지는 일은
없다.

가드레일 부수고 그래픽 바다로 뛰어드는 것을 허락하지
않는다.

저 출렁이는 그래픽 바다가 보이지. 저 세계 너머에 무엇이 있는지 아나.

죽음은 금기네. 자네가 꿈꾸는 혁명은 일시적 그래픽 장애일 뿐이야.

역주행으로 속력을 다해 마주 오는 상대의 자동차와 부딪친다. 그러나 오늘도 무사고다. 가드레일을 부수고 그래픽 바다에 뛰어든다. 꿈을 꾸고 있는 것이다. 꿈 속 세상이 꿈 밖 세계로 달아날 수 없듯이.

역주행은 그래픽 장애일 뿐이지. 이 세계의 사고는 모두 그래픽 장애일 뿐이야.

저 출렁이는 그래픽 바다가 왜 싫은지 아나. 이 세계가 끝나는 데도 일 초가 걸리지 않아 이 세계가 완성되는 데도 일 초가 걸리지 않듯.

세계는 완성됐어, 자네가 꿈꾸는 세계는 그래픽 바다가 용납하지 않아.

저 휴지통으로 사라지는 수많은 그래픽을 볼 때마다 혁명은 좌절되는 것이 아니라 복원하고 싶은 한 세계를 간직하고 있다는 거지.

그래픽 눈이 내린다. 그래픽 바다가 출렁인다.

세계란 만들어지는 게 아니야. 만들어진 세계에서 살 뿐이지.

감옥 밖의 감옥은 어떤 그래픽이 존재할까. 실제 같은 그래픽이 아니었으면 해. 좀 엉성해도, 수없이 깨져도, 흑백이었음 해. 가끔씩 사라지는 그래픽이 있는 바다였으면 해.

눈이 내린다. 그래픽 바다가 출렁인다.

결빙이란 일시적 그래픽 장애일 뿐, 다시 원점이다. 접촉 사고, 충돌, 길 밖의 길을 꿈꾸는 자들은 다시 원점이다.

꿈 밖 세계로 나가고 싶어 하는 당신을 그래픽 세계가 완강히 저항하고 있다.

역주행으로 마주 오는 자동차와 부딪쳐도
깨지지 않는 그래픽 세계에 완강히 저항하고 있다.

그래픽의 모서리를 치고 있는 자동차가 깨진 그래픽을 찾고 있다. 가드레일을 부수고 그래픽 바다로 뛰어드는 순간, 그래픽은 황홀하다.

눈이 내려도 주행은 결빙되지 않는다.

저 그래픽은 부서지지 않는다.

음역 1

거문고 현이 내린다.

눈까풀 사이에 앉은 슬픈 적설량이 사내 손마디에서 툭 부러진다.

허공에 띄운 음 하나가 눈송이로 내려앉는다.

완전한 음표들이 몸의 악보 안에 쌓인다.

음이 허공에 얼어붙는 사이

아닐라*의 화인이 사내의 동공에 찍힌다.

바람이 일으킨 눈보라가 다시금 현의 소리로 지상과 천상 사이에 휘몰아친다.

몇천 년 전에 산 사람들의 음표들에서 목소리가 들리기 시작한다.

서서히 남자의 눈과 귀가 얼어간다.

남자의 혈관을 타고 오는 빙하기, 내장기관들이 훤히 들여다보인다.

음역 안에는 동사한 악사들이 유곽과 함께 눈의 무덤을 짓고 있다.

천상과 지상 사이에 음 하나를 띄우고, 어딘가 떠돌고 있을 저 바람, 저 목소리의 환생.

말더듬이가 말하고 싶은 그 순간 말을 삼키는 하늘.

더듬는 뿌리는 혀끝에 맴돌고 눈까풀 사이에 앉은 슬픈 적설량이 사내의 손마디에서 툭 부러진다.

거문고 현은 내리는 눈을 더듬던 손가락 사이에서 길을 잃는다. 망각은 하늘을 나는 새가 스스로 깃털을 찢고 내리는 눈송이를 보는 것이다.

촉각은 비닐을 우기고 우그러진다.

사내는 음의 빙하기를 거쳐 녹고 있는 걸까.
모든 사물의 표면에는 바람의 자국이 찍히기 시작한다.

바람이 일으킨 눈보라가 다시금 현의 소리로 지상과 천상
사이에 휘몰아친다.

우리는 그 떠도는 음표들 사이를 사는 것일까.

유곽 밖 소리: 몇천 년 전에 산 사람들의 음표들의 목소리
가 들리기 시작한다.

서서히 남자의 눈과 귀가 얼어간다. 남자의 혈관을 타고
오는 빙하기, 내장기관들이 훤히 들여다보인다. 완전한 음표
들이 몸의 악보 안에 쌓인다.

>

거문고 현이 팽팽하다. 눈꺼풀 사이에 앉은 슬픈 적설량이 사내의 손마디에서 툭 부러진다. 허공에 띄운 음 하나가 음표의 징검다리를 건너오다 멈춰 선다. 젖은 새가 강가의 현에 발목을 적시자, 하늘이 동공 속에서 출렁인다.

음표들이 거문고 현 위에 내려앉는다. 바람은 사라지지 않는다. 영원한 목소리를 쫓는 저 바람, 저 목소리의 환생.

＊산스크리트어로 '바람'을 뜻하는 말.

음역 1.5

몇천 년 전에 산 사람들의 음표들이 내 몸 안에 떠돌고 있다.

우리는 그 떠도는 음표들 사이를 사는 것이다.

대화란 허공중에 얼어붙은 음표를 바라보는 일.

동공과 마주한 晉 하나가 광속의 속도로 사내의 눈자위를 파고든다. 타종 소리와 함께 사내의 눈과 귀는 파열된다.

음악은 감정을 파괴한다.

가슴에서 올라온 잉어의 꼬리지느러미가 눈가에 묻어 있다.

바람이 살을 베어내자, 핏방울이 쌉쌀하다.

하나의 세계를 창조하는 것만큼이나 여행은 매력적이다.

호흡할 수 없는, 성장할 수 없는, 극도로 좁은 방 안에서 자라는, 나는 한 그루 나무의 잎이다.

기차는 레일 밖을 달리고 싶어 한다.

슬픔이 '슬프다'고 할 때 내가 나에게 쏟아내는 슬픔은 얼마나 굴절되어 들리는가.

내 세계 안에서 만들어낸 음표들은 완전한 것이다.

우리가 남긴 음표들을 몇억 년 후에 누군가가 발견하게 될 것이다.

한 점 별빛은 수억 광년의 깊이로 온다.

허공의 길이 열리지 않는다. 허공 위에 집을 짓고 살다 보면 지나가는 것은 바람뿐이다.

내 영혼의 탈수현상을 겪는 겨울 바다는 텅 빈 존재에게

보내는 통한사(痛恨事)의 눈물이다.

〈알 수 없기 때문에 아름답다〉라는 경구는 희·비극이다.

저 눈은 천 년 전에도 이 자리 이곳에 내리고 있었겠지. 사랑하는 이의 가슴은 연못과도 같다.

동사한 어느 악사의 눈물이 허공에 흠처럼 떠 있다. 빛보다 빠른 속도가 불의 빙하기를 견뎌내고 있다.

음역 2

나는 십 세기 이전의 아물지 않는 상처였다.

한 개의 영혼이 음악이란 양탄자를 타고 존재자성을 느끼게 하는 천공의 거울 바다로 날아간다.

가닿고 싶고 가보고 싶은 한 세계에 나는 서 있다.

두 눈에 태양이 박힌 사람에게 날아가는 모든 새는 불새다.

불타버린 내 두 눈을 바라본다. 몽골초원이 되어버린 해골이 박혀 있다.

내 가슴에서 사라지지 않는 밤은 아직도 별빛을 더듬고 있다.

바라보는 것만으로도 만족할 수 있는 세상이 온다면 나는 살아서 만졌던 단 하나의 촉감만을 간직할 것이다.

육체를 갖지 못한 모든 영혼은 바람일까. 평생 떠돌던 이가 죽기 전에 가보고 싶던 그곳으로 바람은 간다.

물은 영혼을 감지한다. 물속에 영혼이 흐른다.

말들의 적막 안에 바람의 현을 켠다. 눈이 쌓이면 소리도 잠긴다.

사람은 누구나 제 가슴에 연못 하나를 판다.

목소리도 바람처럼 죽지 않을까. 어딘가 떠돌고 있을 저 바람, 저 목소리, 의 환생.

우리가 남긴 음표들을 몇억 년 후에 누군가가 발견하게 될 것이다. 몇천 년 전에 산 사람들의 음표들이 내 몸 안에 떠돌고 있다. 우리는 그 떠도는 음표들 사이를 사는 것이다.

약지에 눌린 음 하나가 허공에 멈춰 선다. 음이 허공에 얼어붙는 사이. 우리도 음의 빙하기를 거쳐 녹고 있는 걸까.

내가 가닿지 못한 세상이 있기라도 한 듯, 날은 밝아오고, 달빛 속에 모과주 익어간다.

지상의 알리바이를 태우는 저 먼지와 바람의 마적 떼, 난 그들을 보고 있으면 가슴이 뛰고 심장이 멎는다.

무한적 생각의 관다발이 덩굴처럼 뻗어나간다.

가슴 시린 절벽과 낭떠러지 사이를 오간 단 하나의 금 간 뼈를 어루만져 본다. 생각 밖의 생각이, 생각조차 안 했던 세계가 나를 이끈다. 고요가 무덤을 판다.

내가 미처 보지 못한 한 세상의 끝, 문자가 아니면 더듬어 올 수 없는 이 긴 시간이 바람의 사전을 넘긴다.

음역 3

아카시아 꽃향기가 진동하는 오솔길 아래 G의 눈물이 바닷물의 소금기를 머금고 있는 찰나, 떨어지는 것은 저물녘 폐로 들어차는 블루빛 바다다. 광채를 내는 안구 한쪽에서 무한한 바다가 떠오른다. G는 손에 들린 얼후에서 대[竹]의 무한한 향기를 맡는다. 다다를 수 없는 거리를 재는 손가락 사이로 보이지 않던 것이 보이고 버려짐과 동시에 구원인 약속들이 음역 안으로 시공을 넘어 들어온다. 빛이 타들어 가다 생명선에 기댄 활대가 급격하게 흔들리면서 무질서의 질서를 탄다. 오늘이란 풍경 안에는 얼마나 많은 역광이 존재했던가? 사라지는 것은 얼굴의 표정이지만 사라지지 않는 것은 표정 속에 자리한 웃음이다. 웃음의 음표들이 표류하고 휩쓸리다 폭풍우를 만나 그 어딘지 모를 심해에 가라앉았다 떠오르면 어느 해안가 무겁게 짓누르던 먹구름도 눈부신 햇살로 다시 태어나리라.

표정이 사라진 바위에 기댄 G는 물먹은 표정에서 해머 드릴이 지나가다 멈춘 것처럼 활대가 마지막 음표를 할퀸 흔적을 쥐고 있다. 지상에 그 어떤 알리바이도 남겨놓지 않는 G의 음들이 안구 안쪽의 무한한 바다로 잠긴다.

제4부

不二門

생에 있어 접속사는 생략하자

말보다 우울이 빛나는 하늘이다

연둣빛 문장들이 나뭇가지에 걸려 있다

일을 하자니 꿈이 서럽고

꿈만 꾸자니 생이 궁핍하다

늘 하나가 아닌 둘이 되어버린 불이문

안에 부처는 없고 나만 덩그러니

좌정하고 앉아 텅 빈 반야심경을 읊조린다

속내를 털어놓기에는 의지가 나약하다 생각 들고

굳게 입을 다물자니 마음에 맺힌 꽃봉오리가 터질 것 같다

목련이 아름다운 것은 시들기 직전까지

순백의 색깔을 잃지 않는 것에 있다

악수(握手)

겨울나무의 빈 가지와 악수하는 밤
벚꽃처럼 화사한 문장과 후박나무 곁을 스쳐가는 소나기
늘 그런 인사치레만 있는 건 아니다
저 거칠고 허름한 손등을 봐라
얼고 터진 주먹이라도 내게 손 내미는
저 겨울나무의 긴긴 팔을
나는 그냥 지나치지 못한다
네가 애써 표현하지 않는 봄,
네가 피울 꽃의 이정표를 무심히 밟지 않는다.

동체꽃

힘주어 한 줌 불빛을 끌어 모은다
제 몸을 구부렸다 폈다를 반복하는 달팽이
사물의 자국을 꾹꾹 눌러 다진 동체
연약한 불빛을 만지는 꽃잎
팝콘은 피기 전 압축된 어둠이었다
신경의 끝은 동굴의 끝
지하수에 녹아 있는 철분들
구리가 절연한 암석들
한 방울 물방울에 녹아 있는 공명되는 소리들
날개의 무늬를 만든다
동공이 열리는 순간 나비는 난다
꽃가루를 뿌리며 사방 몇십 킬로미터를 나는 빛
침묵을 깬다
돌조각이 뿌리를 내린다
빛이 결린다
심장을 오므렸다 곧게 착지하는 사물
빛은 날아간다
잠시 어둠을 상기하고

섬이 잠기다

돌촉 하나가 가슴에 쩡 하고 박혀 온다

새들이 정적을 밟자 발자국이 바스러진다

모든 무너짐 뒤에는 정적이 고인다

햇발이 나뭇잎을 베어 물고 물웅덩이를 끌어낸다

툭, 떨어진 노래기 한 마리 배를 뒤집는다

수십 개의 발가락들이 발버둥 친다

예감이란 적중한 화살처럼 몸 부르르 떤다

물멧돼지 한 마리 사방을 쥐어뜯는다

창문 틈에 물린 거죽이 북처럼 찢어진다

동공이 풀리면서 뒷다리가 축 늘어진다

빨래통 가득 북소리 요란하다

계곡물이 중중모리로 휘돌아 나간다

마다가스카르 섬을 향해 날던 새는 빗방울로 꽂힌다

먹구름들이 사방에서 몰려든다

시위를 떠난 활촉 하나가 동공에 박힌다

뼈들이 무너지는 숲속, 빗소리 가득하다

물총잠자리 물이랑을 친다

표적은 언제나 가슴이나 머리부터 무너진다

피톨 밖으로 순록의 무리들이 달아난다

먹이를 잽싸게 구하는 이구아나의 혓바닥은 직관이다

물총잠자리 앉았다 뗀 잎이 휘청거린다

달팽이 촉수가 가늘게 떨린다

물총잠자리 물이랑을 치자 수면이 움찔거린다

이구아나 혓바닥이 파리의 앉은 모양새보다 더 깊다

숨죽인 총성을 머금은 방아쇠를 지그시 잡아당긴다

끼익끼익 어금니를 베어 문다 슬픈 동작으로

쇠고랑을 찬 청둥오리들이 첨벙거리며 날아오른다

이구아나 입속에 돌돌 말려 들어간 파리는

바삭 마른 김처럼 부서진다

까칠한 혓바닥 안에서 날갯죽지가 쭈욱 찢어진다

몸통에서 애벌레의 내장이 쏟아져 나온다

햇빛을 머금은 수면이 사금파리로 빛난다

약시의 눈물이 수평을 무너뜨린다

음료를 머금은 깡통 하나가 텅 하고 풀숲에 떨어진다

염주시편

염주의 귀를 누르자, 모감주나무 열매 빛이 서린 붉은 저녁
해는

말문이 막힌 퉁소 가락 안에서 입을 틀어막는다

불상의 눈알에 기거한 고치가 그물망을 찢으려 한다

교미할 때마다 벌어지는 저 입구

七十二種의 벌레들이 꿈틀거리는 나무뿌리가

불상의 몸 안에 들어앉아 하지정맥류처럼 툭툭 불거져 나
온다

염주의 귀혼이 스님의 눈알을 뜸으로 타들어가고 있다

목청 너머 울음이 끓고

＞

살과 혈관이 엉켜 우는 불상

요도 끝에 좌정하고 앉은 돌

황홀한 꿈, 입, 색이 되어 날아오르는 날벌레들

혈흔을 먹고 자란 등신불의 눈알이 충혈되어 있다

회오리

내겐 無였지만 당신에게 꿈이었을 세상.

자네, 중심을 향해 치닫는 저 수많은 무리들이 보이는가. 창병처럼 일어나는 낙엽들이 무(無)의 성(城)을 찬탈하고 있는 것 같네.

염불 아래 대마의 연기가 피어나고 화장기 짙은 매음굴 아래 두더지 눈을 한 나는 인생이 쾌락임을 너무 늦게 깨달은 듯해. 짙어가는 가을만이 중심이 없는 하늘을 하고 있지.

미치는 건 아름다운 일이지, 그곳이 지옥이라도.
내 눈에 벚꽃 핀 봄을 머리에 꽂고 피 냄새가 진동하는 가을을 걷고 있겠지.

영원한 것은 無이고 아름다운 건 꿈이지.

자네 아직도 꿈꾸고 있나. 밖에서 부는 바람이 안으로 들어올 때 미닫이 문틈으로 보이는 세상은 잠깐이지.

봄은 내게 환락 그 자체였어, 도시를 가로지르는 구급차 사이렌 소리가 희미해져 가는 숨결처럼 느껴져.

이 사막에도 언젠가 꽃과 들풀로 가득한 나날들이 오겠지. 그것이 팔만 년의 숨통을 끊는 바위의 일생 정도의 시간을 기다리는 일이라도 말이야.

자넨 아직도 세상이 有라고 생각하나?

나는 그것이 꿈이라도 믿고 싶네. 내가 간직할 수 있는 것이 한 줌 흙이라도 상관없네.

믿는 건 언제나 아름다운 일이지. 그곳이 지옥이라도.

자네의 꿈이 나의 無를 그 무엇이라도 바꿨으면 좋겠네.

기다리는 일은 쉽지 않아, 자네의 눈동자 속에 해와 달이 수천 번, 수만 번 피고 지고 나무가 옷을 수만 번 갈아입어도,

자네가 움직이지 않는 바위라도, 자네 몸을 뚫는 소나무 뿌리가 자네 삶의 여흥이 된다 해도, 그 시간은 너무 긴 시간이지.

불패란 외로운 거야, 영원을 쫓는 무리들이 오늘도 창병처럼 일어나고 있네. 무의 고공행진을 거듭하고 있어. 허공 속에 무엇을 바라보아서 그럴까. 저 회오리 속에서 환상과 환영의 진이 펼쳐져 있는지 몰라. 無의 진이 有의 진을 만들고 있어. 한 걸음마다 천길 낭하가 펼쳐지는 저 도도한 강의 물결, 참으로 아름답지 않은가.

내 생의 나이테는 저 물결처럼 고왔으면 좋겠어. 사막이 외로운 게 아니라 사막을 생각하는 사람들이 외롭지. 여긴 현실이니깐, 꿈이 아니니깐.

만일 내 뒷동산이 에베레스트 산이라면 자넨 믿겠나.

왕오천축국으로 가는 주문 1
─절벽에 찍혀 있는 새

입을 열자, 산철쭉에 앉은 붉은 점모사 나비가 파르르 떠는 스님의 눈가에 스쳐 날아간다. 거북의 등껍질 속 갑골문자를 읽는 듯한 저 주문은 서쪽으로 지는 저녁해를 달았다. 목구멍 너머 발끝에 걸린 왕오천축국으로 가는 말문(未文)은 아니었을까? 목구멍 속, 울대에 매달린 붉은꼬리원숭이가 목젖에 범벅이 되어 있다. 끄아악 끄악 입으로 넘어오려는 저 포유류는 주문의 근원은 아니었을까? 사람은 누구나 제 목소리를 닮은 짐승 하나씩 키운다. 햇살 한 줌과 터럭에 걸린 이슬을 모아 한 끼를 때운 듯한 가랑잎 위에 맺힌 다시래기 소리처럼 저 주문은 쓸쓸한 화전의 열기는 아닐까? 스님의 콧잔등에 어린 땀방울은 열을 마친 염주알로 둥글게 하나씩 떨어지고 있다. 허공에서의 삶을 다 마친 거미의 속눈썹이 땅그늘에 맺혀 있다. 박제된 벌레들의 날개 소리 속에서 불고 있는 주문의 열은 스님의 눈을 해동시킨다. 눈알에 절벽에 새가 찍혀진 것처럼 금이 간다.

왕오천축국으로 가는 주문 2

이마를 태우는 태양, 방석이 활활 타오른다

끓고 있는 가마 속으로 들어가는 도공처럼

주문은 등을 둥글게 만다

산수유 열매 같은 스님의 눈망울이 벌어지고 있다

나무속에 붉은 범종 소리가 고인다

물에 빠져 죽은 행자승을 건져 올리는 밤

스님은 불상의 뜨거운 이마를 닦아내고 있을까?

부풀어 오르는 승복에 붙어 있던 왕겨들이 부르르 떤다

나무들이 긴 혀를 빼면서 상형문자들을 쏟아내고 있다

>

찌그러들면서 벌레들의 눈빛을 적신다

입속에 칡넝쿨처럼 뻗어 올라오는 저 정글

불상이 손을 들어 입을 틀어막고 있다

왕오천축국으로 가는 주문 3

입을 열자, 솔잎혹파리 스님의 몸을 뚫고 나온다

거식증을 앓고 있는 스님의 왼쪽 눈은 개눈깔이다

백태가 낀 희뿌연 산경은 는개로 젖는다

알을 까고 부화하는 구더기들이 혓바닥을 말아 올린다

산벚나무 아래 주문의 향이 오롯이 올라간다

뒤틀린 나뭇잎들 아래 무당벌레들이 날춤을 춘다

톡토기, 응애, 쥐며느리, 등애유충, 애지렁이

스님의 살갗을 파고든다, 찌르라기 한 마리

몸의 진딧물을 담쟁이덩굴로 빨아올린다

산경이 독충처럼 환하게 밝아온다

천주에 걸터앉은 장님거미목이 눈을 지그시 감는다

일필휘지

1.

한 획 한 획이 바람이다.

호랑이 발톱으로 휘두르고

학의 다리로 멈추는

베고 찌르는 순간,

온몸은 일획이 된다.

허공 위로 초승달이 뜬다.

2.

서체에 무사가 산다. 무사의 한 동작 한 동작이 서체에 녹
는다. 무사는 서체가 되어 사라진다.

3.

그 옛날 한 여인의 서체에 홀린 적이 있다. 남겨진 천리향을 따라 걸어왔지만 그 이후 그 여인과 닮은 서체는 한 번도 다시 보지 못했다.

4.

황제가 바뀔 때마다 국가의 서체가 흔들린다.

5.

만획(萬劃)이 일획이다.

노루 간

심장을 만진 듯 총구는 뜨겁다

영혼의 반대편으로 날아가는 새들, 텅

영혼이 탄피처럼 빠져나간다

그리 멀리 가지 않았으리라 물고기 퍼득거린다

호흡이 가빠오는 공기 중 산소

물기가 빠져나가면서 생긴 사막 차츰 눈꺼풀에 잠긴다

으스러지도록 추운 모래, 간극을 좁힌다

염산 한 방울이 눈물 속에서 부식된다

청동이 벗겨지는 저 거대한 하늘빛

둠벙에 빠지는 순록의 무리들

첨벙첨벙 빠지는 어린아이들의 웃음

뒤꿈치에 잘 잡히지 않는 흰 속살 비치는 여인, 날이 샐까

눈동자의 미동이 없는 탄피 하나

총구가 깊다

작약을 치는 뒤통수

사슴의 피로 적시는 석양

노루 간은 뜨겁다

에필로그(epilogue)

등장인물: 아리떼 소마, 시인

장소: 전장의 화약 냄새가 아직 남아 있는 아룬안다리 평원이 바라보이는 삼사라 커피숍.

아리떼 소마: 안녕하세요, 선생님. 작품(「아리떼 소마」)에서 보고, 작품 밖에서 처음인 것 같네요.

시인: 예, 저도 작품 밖에서는 처음인 것 같습니다.

아리떼 소마: 선생님을 직접 뵈니, 시를 쓰는 시인처럼은 안 생겼네요. 대개 시인 하면 왜소하고 여리여리한 모습을 생각하잖아요. 그런 시인의 이미지와는 다른 것 같아요.

시인: (하하하) 그렇지요. 역사 선생님처럼 생겼다고 하는

사람도 있고요. 한문 선생님처럼 생겼다고 하는 사람도 있고요. 사람은 누구나 자신이 생각하는 이미지와 겉으로 보이는 이미지가 다르니깐요.

아리떼 소마: (하하하) 그렇네요. 그럼, 신생님 작품 얘기를 해볼까요? 선생님 작품 제목이 「아리떼 소마」인데, 왜 제 이름을 제목으로 정하셨나요?

시인: 예전에 시 합평회를 할 때, 물어보더라고요? 혹 아리떼 소마가 오토바이 이름이냐고? 저는 아니라고 했지요. 아리떼 소마는 제 판타지 시에 나오는 여전사 이름이라고 말해 줬지요. 왜 아리떼 소마가 오토바이 이름처럼 느껴졌냐고 물어봤더니, 소마라는 단어 때문에 그렇게 생각되었다고 하더라고요. 제가 아리떼 소마를 시집 제목으로 생각한 것은 판타지 시 한 편이 한 권의 시집이 되는 것을 예전부터 꿈꿔왔거든요. 어떻게 보면, 지금까지의 시 쓰기는 그런 시집 한 권을 쓰기 위한 예비동작이라고 볼 수 있죠.

아리떼 소마: 아주 멋진 생각인 것 같아요. 저도 제 이름으로 된 시집 한 권을 갖는 것에 대해 아주 감사드립니다. 선생님 시들을 보다 보면, 역동적인 움직임이 많은데, 특별한 이유라도 있나요?

시인: 저는 어려서 친구랑 산책을 많이 했어요. 동네를 걸어 다니면서 이런저런 얘기를 많이 했죠. 그래서인지, 움직이는 장면에서 가장 자유로운 표현이 나왔던 것 같아요. 이런 말이 있잖아요. 노래를 잘하려면 말하듯이 해야 한다고 하잖아요. 제게 말하듯이란 걷는 게 아닐까 생각됩니다.

아리떼 소마: 인터넷을 검색하다가 김백겸 시인이 쓴 글을 발견했어요. 선생님의 『정물의 세계』에 대한 짤막한 평인 것 같은데 어떻게 생각하세요?

"김경철은 매우 어려운 주제를 시로 형상화했다. 시가 드러낸 풍경을 대상으로 또 추상화하는 메타추상이 이 시의 재미다. "매화나무가 그려진 꽃병"은 이 세계가 우리의 인식에 비친 인상(印象)의 은유인데 사차원의 사건과 운동이 일어나는 세계를 "매화나무가 그려진 꽃병"의 이차원으로 형상화한 시각이 이 시의 키워드이다. 천변만화의 변화가 일어나는 현실을 '정물'로 보는 '눈의 권력'을 시인은 즐긴다."

시인: 저도 본 적이 있는 글입니다. 제 글에 평을 해주신다는 것은 감사한 일이지요. 이 자리를 빌어 김백겸 시인에게 감사하다는 말을 전하고 싶네요.

아리떼 소마: 혹시 선생님이 좋아하시는 시인은 있나요?

시인: 시를 쓰지 않더라도 시적인 사유를 하거나 혹은 시적인 삶을 사는 사람들을 보면, 다 시인이란 생각이 들어요. 예를 들면, 정조대왕이 무사 백동수를 시켜 『무예도보통지』를 만들었는데, 그 책의 내용 중 이런 구절이 있습니다. "그 치기를 담장과 같이 하고 빠르기를 천둥과 바람처럼 해라!" 라는 구절이 있는데, 이런 문장을 보면, 새삼 저의 초라함과 한계성을 느끼면서 저도 저런 좋은 문장을 갖고 싶다는 생각을 하지요. 아마, 저런 문장은 한평생 무사의 삶을 산 자의 입에서나 나올 수 있는 말이지요.

아리떼 소마: 좋은 말이네요. 선생님도 무술을 좋아하시나 봐요?

시인: 처음에는 다이어트를 위해 했는데, 나중에는 육체의 고통을 줄이기 위해 조금 하고 있습니다.

아리떼 소마: 저는 전장에서 싸우는 전사라서 그런지, 죽음은 늘 제 곁에 붙어 있답니다. 선생님께서 생각하시는 죽음은 무엇인가요?

시인: 역량의 한계지요. 그리고 자신의 실력에 대한 인정이고요. 죽음은 나쁜 것은 아닙니다. 그렇다고 자살을 찬미하는 사람은 아닙니다. 제가 말하는 죽음은 생물학적 죽음이 아닙니다. 죽음은 새로운 세계를 향해 나아가는 하나의 출구입니다. 보통, 자신의 자아를 버리라는 불교적 교리와 비슷합니다. 자아의 죽음이 바로 제가 말하는 죽음입니다. 그렇다고 자아가 없는 바보가 되라는 말은 아닙니다.

아리떼 소마: 마지막으로 하고 싶은 말이 있으신지요?

시인: 제가 좋아하는 글귀가 하나 있는데, 그것으로 끝마치겠습니다.

眼聽鼻觀耳能語(안청비관이능어)
눈으로는 듣고 코로는 보고 귀로는 말을 하니
—미황사 응진당 주련의 글 중에서.

이 도서의 국립중앙도서관 출판시도서목록(CIP)은 서지정보유통지원시스템 홈페이지
(http://seoji.nl.go.kr)와 국가자료공동목록시스템(http://www.nl.go.kr/kolisnet)에서
이용하실 수 있습니다.(CIP제어번호: CIP2017023930)

시인동네 시인선 080

아리떼 소마

ⓒ김경철

초판 1쇄 발행 2017년 9월 25일

초판 2쇄 발행 2018년 12월 7일

지은이 김경철

펴낸이 고영

책임편집 서윤후

디자인 헤이존

펴낸곳 문학의전당

출판등록 제2017-000002호

주소 서울시 마포구 마포대로 11길 91, 3층

전화 02-852-1977 팩스 02-852-1978

전자우편 sbpoem@naver.com

ISBN 979-11-5896-340-8 03810